千秋关

千秋关

宗匠 著

海豚出版社

图书在版编目（CIP）数据

千秋关 / 宗匠著 . -- 北京 : 海豚出版社 , 2016.1
ISBN 978-7-5110-2970-6

Ⅰ . ①千… Ⅱ . ①宗… Ⅲ . ①中篇小说 – 小说集 – 中国 – 当代②短篇小说 – 小说集 – 中国 – 当代 Ⅳ . ① I247.7

中国版本图书馆 CIP 数据核字 (2015) 第 310960 号

书名：千秋关　作者：宗匠

总发行人：俞晓群
责任编辑：曹振中　封面设计：吴光前
封面摄影：李晓红　版式设计：侯立新
责任印制：王瑞松

出　版：海豚出版社
网　址：http://www.dolphin-books.com.cn
地　址：北京市西城区百万庄大街 24 号
邮　编：100037
电　话：010-68997480（销售）　010-68998879（总编室）
印　刷：北京天宇万达印刷有限公司
经　销：全国新华书店及各大网络书店
开　本：32 开（787 毫米 ×1092 毫米）
印　张：8
字　数：130 千
印　数：3000
版　次：2016 年 5 月第 1 版　2016 年 5 月第 1 次印刷
标准书号：ISBN 978-7-5110-2970-6
定　价：38.00 元

宗匠，1960 年代末生于徽州边缘宁国。毕业于华中科技大学、北京师范大学，文学硕士。早年从文，创作有诗歌、小说、文化批评等。近年来接续前缘，业余时间写作、登山。现任歪歪兔教育机构首席教育官，从事儿童教育研究。

序

宗匠是我北师大研究生时期的师兄。那时他虽然已经在用这个笔名写作和发表作品，但我最先知道的还是他的本名宗芳斌。记得初次见面时，研究生复试已结束，我们知道将来就要同门了，三位师姐妹和这位师兄之间，便彼此好生打量了一番。同为外貌协会的积极会员，大家对一个赏心悦目的学习环境还是挺在意的，而眼前这位浪迹江湖的帅哥，似乎很知道自己经得起女生的打量。面对三位本科还未毕业的青涩师妹，他甩了甩乌黑的卷发，闪了闪迷离的双眸，用苍凉的语调低声说道："我是安徽人，以后你们等着吃我做的徽菜吧。"后来果然在导师家里吃了一顿他做的徽菜，简直无法下咽。他自我圆场说：“等我回去再练练……”

嘿，二十年过去了，北京的天都灰了，我们也再没等到他做的徽菜，却等来了这本小说集《千秋关》。它们写于 1991 到 1995 年，正当作者读研之前和读研期间的二十啷当岁，该算是不折不扣的“校园文学”、“青春写作”了。同学时他未曾提起，二十年后才给看，可见此君低调的性格。当然啦，或许他觉得师兄妹之间的智商相差二十年也说不定，现在给我看其少作，正当其时哩。

带着偷窥的兴趣，读完了这位“九十年代青年”的“青春写作”。但是没看到青春。相反，看到的是衰败，死亡，贫穷，爱欲，道德的两难与枷锁，生存的挣扎与倾轧……句子瘦硬，笔调枯冷，时空不明，只有绝望的乡野和无路的孤魂隐现其间。想想当今这个年纪的男孩女孩在写什么、想什么，对比他们在笔调、色彩和美学上的差异，不禁感到，短短廿年，似乎过去了两世纪。两个时代的青年，真像是两个完全不同的物种。“九十年代青年”背负着沉重的历史债务，想象的重心多在乡土；而今的年轻人，却好似历史从未存在一般，专注于当下的多维空间，叙述的重心多在都市。一重一轻，判然两分，虽各有胜负，但何以在两个世代的青年之间，“历史”的呈现状况如此天差地殊？其中缘由，颇堪玩味。

宗匠写这些故事的时候，文坛正流行“新历史小说”。当时的一批先锋作家，闯入历史时空而又超越历史逻辑，写出了不少风格化的作品。对历史时空的处理，不求实证的严谨，而只是借用过去式语态，将作家对自我、人性、国族、传统的审视和想象，做得更有“包浆感”。显然，宗匠的这些作品承续了新历史小说的余韵，但他更着意的是：将内在自我的痛楚和纠结，投射到寓言化的历史传奇里。因此我常常感到，与其说是在看一部作品，不如说是在看一个人——一个突然陌生起来的熟人。

宗匠生于安徽宁国的乡村，一如整个乡土中国的农家子，是在艰辛困窘的家境中长大。记得读研期间，在《诗探索》上读过他的一篇海子诗论，其中有个观点记忆犹新，大意是说：海子的诗浸透了他对乡村故土被抽血、被剥夺的痛感，以及一个农家出身的知识分子因物质窘迫、对土地和诗歌双双无力反哺而生出的绝望负疚。正是这双重绝望，促发了海子的自杀。现在读他的小说，想起他当年的海子诗论，才蓦然发觉，他的青春时代一直在小说和论文的交互书写中，演绎着夫子自道，诉说着共同的主题——生存的磨难，内心的煎熬，老爷们气定神闲，底层人相争相杀，而传统逻各斯对凡常人性的压抑与戕害总是无处不在……这些主题，随着互联网时代的到来，伦理观念的更迭，看起来颇有精神化石之感——它们连结着古老世界的幽灵，剖露着悲伤不忍的心迹，创作者似乎总是想要承担得重些，再重些，而完全忘记了未来，也忘记了自己青春的年纪。

如今，宗匠在勤于正业之余，仍不能忘情文学，经常能在朋友圈看到他最新的诗作；最近更是把他当年的作品检视一番，挑了几篇他自己最为满意的，结集付梓，命我这不成器的师妹作序。无论如何，这是一个文学人再出发的起始，我这潦草的短序，就算是献给师兄的祝福吧。

李静

2015 年 6 月 28 日，于北京

目录

猫吟

姚氏经常在深夜里被大黑猫凄厉恐怖的叫声惊醒。姚氏一个人躺在黑漆漆的房间里，不敢睁开眼睛。大黑猫彻夜不息的叫声像一个缺奶的婴儿的哭啼一样，在深夜里充斥了整个屋子，姚氏禁不住时时颤抖起来。

猫吟

1

姚氏从桌上拿起那只粗瓷大碗，将锅里最后半碗白米饭盛进去，转身递给坐在桌边的丈夫。石匠接过碗，低下头大口大口地扒饭。偶尔有一两颗饭粒从他的嘴角掉落到地上。大黑猫在桌腿四周转悠着，将地上的饭粒舔进嘴里。大黑猫长长的尾巴在石匠空荡荡的裤管上拂来拂去。石匠忽然放下碗，对姚氏说，你吃饭吧，让大狗他们都来吃。好，我们不忙。你多吃些，要出力呢。姚氏说，饭吃完了，还有萝卜。然后姚氏用双手拢一拢又黑又浓的头发，探头朝屋外喊道，大狗，回来吃饭。

姚氏又给丈夫添了几根蒸萝卜。一股香气从蒸笼里漾出来。坐在地上的大黑猫摇着尾巴，朝姚氏喵喵地叫了两声。姚氏又从蒸笼里夹出两根萝卜，剥了皮，放在灶头的猫碗里。大黑猫摇摇晃晃地从桌边走过来，围着灶转了两圈，纵身往灶上跳去。大黑猫没能跳上灶头，从半空里掉了下来。姚氏连忙把碗从灶头拿下来，放在地上。大黑猫半卧在地上，将粉香粉香的萝卜吃进嘴里。

大狗抱着柴禾走了进来，他粗壮的身影刹那间几乎将屋门堵得严严实实。姚氏看着大狗将柴禾放在灶后，招呼道，累了一早上，快来洗脸吃饭。姚氏用葫芦瓢舀了半盆水，端给大狗。二狗小狗紧跟着进来了，嚷着要吃饭。姚氏走过去拍打他们身上的泥土，细细的粉尘在这个阴郁的冬日早晨轻轻地飞扬起来。等大狗二狗小狗洗完脸，姚氏已经端上了热气腾腾的蒸萝卜。小狗探出手，拿起一根又长又粗的萝卜，将皮剥开，扔了一地。

石匠首先吃完了饭，将粗瓷大碗放在桌上。姚氏放下手中的萝卜，捧起灶头的黑瓷壶。浓酽的茶水在粗瓷大碗里打着旋儿满起来。听见父亲咕噜咕噜的喝水声，小狗扔了手中的小半截萝卜，向姚氏嚷着要喝水。石匠将碗递过去。小狗细嫩的小手扶在父亲有力的大手上，随着喝水声一下一下振动。小狗的舌头一卷，将碗里一颗泡软了的饭粒舔进嘴里。喝完水，小狗长长地吁了一口气，又拿起一截萝卜嚼起来。

石匠摸摸小狗长着淡黄色头发的脑袋，转头对姚氏说，等这回活儿做完了，多买些米回来，小狗就不用吃萝卜了。姚氏没有吱声。石匠又说，这回事儿大呢，是给棠上村马财主的女儿立牌坊。这牌坊立起来，是我们这一带最大的了。听说是皇帝批准立的呢，县里的老爷都要来，向马财主道喜。姚氏头也不抬，冷冷地说，人都死了，还道个什么喜。马财主就不疼女儿吗？

石匠望望正半卧在地上慢慢舔食的大黑猫，说，人家可是烈女啊。丈夫死了，她整整伏棺哭了三天三夜，七天不吃不喝，硬是殉夫了。二狗正吃着萝卜，停了咀嚼，插嘴说，财主家那么有钱，不愁吃不愁穿，她为啥要死呢？真傻。石匠瞪了二狗一眼，站起身来，从屋子一角挑起工具担子，走出了屋门。姚氏跟着出来，嘱咐说，做活儿时当心点儿，省点儿力气，不要朝死里蛮干。你一个人少用点儿力多用点儿力，不都一样。石匠没有说话，挑着担子走上了门前的大路。两条瘦瘦的小狗时前时后地环绕在石匠的身边。一阵阴风从村街中间直吹过去，石匠宽大的裤管一晃一晃的。姚氏目送着丈夫的背影渐渐远去，正准备转身回屋，忽然又朝着丈夫的背影喊道，当心点儿，别让石子溅着眼睛。石匠回过头来，遥遥地点了一点，挑着担子顺着黄泥大道一直走了下去。

姚氏回到屋里，发现大黑猫蜷曲着歪在地上，乌黑的长尾巴直直地贴在地上，一下一下轻轻颤动。怕是早上摔了一跤，要早产呢。姚氏找来一大块破棉布，垫在一只木盆里，然后把大黑猫轻轻地放了进去。姚氏又给大黑猫端来一碗温水，在水里洒了几粒盐巴。大黑猫伸出舌头舔了舔，慢慢用嘴咂着。姚氏看着猫躺在木盆里，安静了一些。大黑猫渐渐闭了双眼，肚子不时地颤动几下。姚氏忍不住又给猫拿了些蒸萝卜。大黑猫懒洋洋地睁眼看一看，又闭上了眼睛。

吃完了早饭，姚氏一边收拾碗筷，一边对大狗说，你带二狗小狗去挖萝卜，我要在家看猫呢，猫要生了。大狗答应了，挑起一担竹筐往外走。二狗小狗跟在后面。姚氏看着他们出门，顺着大路往萝卜地方向去了。姚氏倚靠在门边，脸上露出了欣慰的笑容。姚氏心中滑过了十几年来含辛茹苦养育一个又一个孩子的画面。再过两年，就该给大狗娶媳妇了。那时候，我们家门户就大了呢。姚氏想。

姚氏一面洗碗，一面在心里幻想着光明的前途。

姚氏手脚麻利地忙碌着，很快把家里布置得井井有条。然后姚氏坐在一条小凳上做针线。针头在她的手上穿来引去，偶尔在她乌黑的头发上摩擦几下。姚氏手里的一只鞋底很快就纳了大半截。鞋是给小狗做的。小狗也要长大了。看起来，兄弟三个就他最调皮，也最能干了。姚氏一边纳鞋底一边胡乱地想着。时光在她的脑子里来来回回地穿梭不停，包括她贫困的过去和光明的未来，一一展现在她的脑海之中。姚氏忽然想到棠上村的马财主。他又要在那条大道上树起一座烈女牌坊。姚氏轻轻摇摇头。她想不通为什么那么多人要花许多钱树牌坊。她隐约知道那是极光荣的事儿，来来往往的行人将那些金光闪闪的大字都记在了心里，然后又四处传扬。那是有钱人的事儿，和我们穷人不相干呢。姚氏想。

姚氏想起了早上丈夫说的话。马财主的女儿活活地饿死了。财主的女儿怎么就这样死了呢？马财主一定很伤心。听说他就这么一个宝贝女儿，才出嫁没几年。姚氏在这么想的时候又飞快地纳了许多针，眼看一只鞋底就要纳好了。

这时候一阵凄厉的猫叫声打断了姚氏。猫叫声从屋里的那只木盆里传出来，钻进了姚氏的耳朵。姚氏正纳着鞋底的手颤抖了一下。姚氏赶忙放下手中的活计，立起身朝屋里走去。姚氏看见了木盆里那块已被大黑猫的鲜血染红的棉布。大黑猫伸直身子，正在痛苦地痉挛。姚氏想，坏了。姚氏以前还没有见过大黑猫生产时这么艰难，肯定是难产了。姚氏持着早已准备好的剪刀无从下手，还没有一只小猫从母体里分娩出来。姚氏心头忽然滑过一丝阴郁的浓云，转头朝屋外看。天空中一片灰白，有一只乌鸦从大路口一直飞向这边来了。它那两片扇动的巨翅似乎使黄泥大道上的灰尘都轻轻飞扬起来。姚氏只是朝屋外瞥了一眼，立刻又转回头看猫。大黑猫凄厉的叫声一直不停，引得姚氏心慌意乱。姚氏搬过一张凳子，坐了下来。她放下剪刀，用双手拢一拢又黑又浓的头发。一只头发夹子不小心从头上滑落下来。姚氏弯腰从凹凸不平的地上拾起发夹，吹了吹气，很仔细地插在头上。

姚氏坐在凳子上，等待着大黑猫的生产。她终于在大黑猫凄厉的叫声中看到一个血水模糊的小脑袋慢慢挤出了母体。渐渐地，小猫的身体全部露了出来，并且发出稚嫩的叫声。姚氏平静下来。她紧接着看见了第二只小猫缓缓探出的脑袋。

姚氏透明的眼睛一眨不眨地注视着大黑猫的生产。当大黑猫开始产下第二只小猫的时候，一声惊惧的叫声从屋顶上漏进来，姚氏禁不住一颤。姚氏片刻之前刚刚平息下来的心跳又重新剧烈起来。她心里再次升起了一种莫名的不祥之感。姚氏站起身来，迈步走出了屋子。

姚氏在门前和大狗撞在了一起。大狗急匆匆的身体几乎将她撞倒。姚氏紧接着看见了大狗脸上散乱的泪珠。她抬眼望去，只见门外大路上，一群衣衫褴褛的人正缓缓而来。不祥的预感再一次强烈地涌上心头，姚氏的脑袋轰地大了。

姚氏迈开步子向前奔去。那只停在她家屋顶上的大乌鸦在她身后尖叫着飞上了阴郁的天空。姚氏看见了躺在一块破门板上的丈夫。门板上沾满了鲜血，正一滴滴往黄泥道上掉落。石匠静静地躺在门板上。姚氏惊叫一声扑上前去。抬着门板的人放开手，姚氏就此跪在了黄泥地上，跪在丈夫毫无声息的、血淋淋的身体前面。

姚氏扑倒在门板前，浑浊的泪水顺着她白皙丰润的脸颊扑簌簌地就涌了出来，溅落在梅花般的鲜血丛中和她丈夫身上。大狗二狗小狗三个人也都跪倒在门板四周。大狗伏倒在门板上，肩头时紧时慢地耸动。二狗小狗偎在姚氏两侧，泪水模糊了眼前父亲的身子。

姚氏母子四人悲泣不歇。周围聚集的人也越来越多，村民们和偶尔路过的行人都停了下来。一阵阵冷风从北边吹过来，吹动了人们褴褛的衣衫。姚氏的满头乌发凌乱不堪，几只发卡不知什么时候都已经掉了，有一两绺细发和着泪水紧贴在她细润的脸上。小狗全身哆嗦，渐渐将身子缩成了一团，紧紧偎在姚氏的身侧。大狗无泪的哽咽还在继续。二狗把沾满血渍的脑袋从门板上抬起来，紧紧盯着父亲的脸色。石匠双眼紧闭，嘴唇乌青，一动也不动。二狗的目光渐渐向下移动，滑过了父亲的颈脖。石匠的喉结突出地固定在颈脖中间，像是吞食了一颗坚硬的石子。二狗最后将目光停留在父亲的胸脯上。他伸手解开了父亲的黑色棉袄，将耳朵凑过去，贴在父亲隆起的胸肌上。良久，二狗冷峻的脸色放松下来，他听到了父亲的心脏微弱跳动的声音。

石匠的身体忽然颤动了一下。姚氏用衣袖抹一抹脸上的泪，屏住了呼吸。所有在场的人都屏住了呼吸，将目光聚拢来。石匠的喉结缓缓滚动了几下。二狗将手从石匠的胸脯上移开，为他扣好了衣扣。石匠缓缓睁开眼睛。姚氏凑上前去。石匠吃力地抬起右手，抓住了姚氏的双手。二狗扶着父亲的背，使他坐起身来。

石匠一时间精瘦精瘦的眼光直盯着姚氏。姚氏忍住悲痛抓紧了丈夫沾血的右手。良久，石匠把目光从姚氏脸上移开。姚氏顺着他迟钝的目光一一扫过大狗二狗小狗。石匠抬起手指一指他们，最后将手掌放在小狗长着淡黄色头发的脑袋上。他曾经在这个冬天的早晨抚摸过小狗的脑袋并且对姚氏许下了宏愿。石匠一时间无比伤感，他对着姚氏断断续续地说，我，无法让小狗，吃上，白米饭了。你要，好好，照顾他。姚氏眼眶里溢满泪水，说不出话来。石匠又把眼光投向大狗，说，大狗，你，太蔫了，以后，要放，硬气些。大狗蒙眬着眼，使劲点头。石匠抬头望一望天空，阴郁的天空中一阵阵冷风不时吹过。良久，石匠将目光收转回来，望着姚氏说，往后，就难，难为你了。而后，石匠的右手从姚氏的手上轻轻滑落，他的左手也同时骤然从小狗的头上耷拉下来。石匠安静地躺在染满鲜血的破门板上，枕着二狗的手臂，缓缓闭上了双眼。

哭声骤然从空旷的黄泥地中央大起来。姚氏和她的三个儿子伏在破门板上，摇着石匠还带着余温的身体，久久地哭泣。村口的这一块空地上挤满了悲戚的乡亲。

姚氏不知道自己的哭泣持续了多久。她的嗓子已经沙哑了。二狗嘶哑的喊声使她从昏昏沉沉的状态中惊醒过来。姚氏抬起头，露出了一双红肿的眼睛。她伸手揉了揉模糊的双眼，将一丝血迹沾在了眼帘上。在她面前，立着一个身材高大的中年汉子。中年汉子迎着姚氏，低低地道，嫂子，人死不能复生，你要保重。中年汉子说着，眼睛已经湿润起来。姚氏神思恍惚，看一眼中年汉子，又低头看着丈夫已经平静的面容，叫了一声，贵生，我的命好苦啊！便哽咽着重又低泣起来。贵生一下子跪倒在石匠的尸体前，强忍的哭泣从他的喉咙深处难以抑制地涌出来，使这时候依然围在四周的人们更加难受。贵生摇着石匠的尸体，泣不成声。

贵生终于止住了哭泣，站起身来，对大狗说，扶你娘回去。然后，贵生和乡亲们将石匠的尸体抬进屋里，停在堂屋中央，贵生带领大狗二狗小狗，迎着石匠的尸体再次跪了下去。

姚氏回到屋里的时候，大脑一片混乱。世界变得空荡荡的，没有依托，没有根。姚氏突然想起了大黑猫。她摇摇摆摆地走到木盆边，看见大黑猫早已产下了三只小猫。三只小猫依偎在大黑猫的怀里。邻居王婆家的黄毛大雄猫正立在大黑猫的身边，用舌头轻轻舔着大黑猫身上的血迹。姚氏一阵心酸，几乎要倒在地上。她使劲迸了迸眼珠，强撑着将木盆搬到灶后面的角落里。三只小猫张开小口一齐尖叫起来。姚氏心中针刺了一般。她赶紧放好木盆，走进了里屋。

2

姚氏看着最后一锹黄土铲上坟顶，心中的悲痛不由自主地和着泪水又一次溢出来。她扑倒在坟丘上，把脸掩入了黄土之中。姚氏的满头黑发瀑布一样漫散在坟丘上。贵生将一个花圈插在坟顶，花圈上的纸条立刻随着冬日阴冷的寒风左右摇摆起来。贵生弯下腰对姚氏说，嫂子，别哭了。我们，送大哥，升天吧。姚氏跪着爬起来，从身边的竹篮里端出几碟小菜，又拿出三只酒杯、一双竹筷，排在坟前。姚氏端起一把瓷壶，往酒杯里倒酒。水酒打着旋儿满起来，在寒风中一漾一漾。最后，姚氏将那只粗瓷大碗捧了出来。那里面盛着满满一碗白米饭。姚氏跪倒在地上，双手捧着碗，放在了坟前。然后，姚氏点燃了纸钱。一片片黑色的纸钱很快从坟前飘起来，飘到了九天之上。姚氏在心里默念着丈夫的名字，将他送到了西天。受了一辈子的苦，在那里会过上好日子的。姚氏想着，心里稍稍安定了些。姚氏看着纸钱一片片烧去，阴冷的天气里冒着呼呼的蓝色火苗，送来了一丝暖意。姚氏迎着火光，迎着丈夫的坟墓深深地叩了下去。一两点火星烧焦了姚氏的几缕黑发。姚氏没有理会。半晌，姚氏磕过了头，在大狗搀扶下站起来。大狗二狗接着跪了下去。姚氏对小狗说，给你爸磕头。小狗便在大狗的旁边跪下。贵生最后向着坟墓叩下头去。然后，贵生跪在地上，望着西边很高的天空，低沉着嗓子说，大哥，你我结拜一场，想不到你这么早就去了，小弟一定照顾好侄儿们，你放心去吧。

五个人离开石匠的坟墓，缓缓地朝山下走去。姚氏走在最后，一步一个回头。直到走下山脚，远远地只能看见花圈的顶上纸条在随风飘扬，姚氏毅然转回头，朝村庄的方向走去。

王婆家的黄毛大雄猫在门口看着姚氏渐渐走近。大黄猫对着姚氏叫了两声。姚氏推开门，走了进去。大黄猫用长长的尾巴拂了姚氏的裤腿几下。然后，大黄猫跑向灶后面的大黑猫身边。姚氏看见大黑猫正目光殷殷地盯着自己。三只小猫把脑袋挤在黑猫的身体下面，木盆边的猫碗干干净净。姚氏忽然意识到已经两天没有给猫喂食了。姚氏从灶上的蒸笼里拿出了几只萝卜。大黑猫立刻吱吱地吃起来。大黄猫用柔和的目光看了姚氏一眼，便转头静静地偎在黑猫身边。

天刚擦黑的时候，姚氏烧好了晚饭。姚氏划着火石，点着了灶头上的青油灯。灯苗跳着晃着大起来。屋子里很快充满了昏黄的灯光。猫们已经在木盆里睡去，大黑猫发出一阵阵轻微的鼾声。姚氏收拾了一下桌子，把晚饭端了上来。她拍拍正和小狗拢在灶后烤火的二狗说，去喊你叔吃饭。二狗伸了伸腰，将小狗搁在他身上的手臂移开，走了出去。一会儿，贵生和大狗每人扛着一捆柴禾进了屋。贵生进屋的时候，将油灯淡蓝色的火苗扇得一晃一晃，姚氏模糊的投影立刻在屋子的另一侧摇摆起来。姚氏打好了洗脸水，等贵生、大狗洗了，便招呼他们吃饭。吃了一半，姚氏放下碗筷对贵生说，这两天多亏了你，我懵得都不知道东西南北了。贵生望着姚氏，将口里的一块萝卜咽进去，说，我跟大哥比亲兄弟还亲呢。贵生说着，眼眶又红了起来。油灯正好照清了他的脸。姚氏看着他，心中一阵酸痛，赶紧低下头去。

良久，贵生对姚氏说，嫂子，明天我到马财主家干活儿吧。姚氏骤然抬起头，满眼的惊愕。贵生迎着姚氏的目光，没有说话。姚氏沉默了一会儿，站起身来收拾碗筷。刷碗的时候，姚氏突然回头说，好吧，你去吧。贵生说，嫂子，我会小心的。姚氏说，一切都是命，躲也躲不掉，逃也逃不过。霉运真的就全落在我们身上吗？

第二天早晨吃饭的时候，大狗对姚氏说，妈，我跟贵生叔去吧。不等姚氏回答，大狗又转过脸，对贵生说，贵生叔，让我跟你去吧。贵生望着姚氏，没有吱声。半晌，姚氏说，好吧，你就跟你叔学着做活儿吧，你也长大了。

早饭很快吃好了，贵生和大狗挑起担子出了门。刚刚升起的太阳将他们的身影长长地拉在了黄泥大道上。姚氏倚立门首，望着他们的背影远去，没有说话。

姚氏转身回屋的时候，看见二狗挑起了竹筐。竹筐太大了，几乎拖到地上。二狗对姚氏说，妈，我去挖萝卜了。二狗稚嫩的嗓音让姚氏吓了一跳。姚氏看着门前空旷的场地，叹了一口气，说，好，你去吧。少挖一点儿，当心累坏了身子，你的骨头还嫩呢。二狗答应一声，挑着竹筐出了门。姚氏的目光缓缓地跟着二狗，一直到看不见。都长大了，懂事了呢，可怜这么小就没了爸。姚氏念叨着，又是一阵心酸。

整个上午，姚氏都坐在门口纳那只鞋底。姚氏的针子变得无比缓慢起来。本来小狗已经穿上了新鞋的。姚氏的心头又滑过了那天上午突来的灾难。那只没有纳好的鞋底就在那场灾难面前被扔进了门旮旯里，几天没人理会。小狗也懂事了，也不闹着要穿新鞋了。姚氏转头看了一眼正蹲在木盆前静静地看着小猫嬉戏的小狗，心中一颤。针头戳进了她的左手拇指，一滴鲜血从拇指上涌了出来。姚氏赶紧用舌头吮一吮伤口，低头纳起鞋底。到黄昏的时候，姚氏把新鞋做好了。她打了一盆水让小狗洗脚。小狗正在门口切萝卜。姚氏说，来试试你的新鞋。小狗停下刀，回头说，妈，新鞋子过年再穿吧，我这鞋还能穿呢。姚氏远远地看见小狗脚上那双鞋绽开的后跟，小狗正挪动双腿，试图遮住鞋。姚氏转回头，看着那盆雾气直冒的热水，蒙眬了双眼。姚氏将新鞋用一块布很仔细地包好，收了起来。

天黑的时候，二狗和贵生、大狗都回来了。姚氏赶紧端上早已做好的饭菜。大狗、二狗都累了，匆匆吃了饭洗一洗就去睡了。姚氏在闪烁的油灯下刷碗。贵生和小狗打了水洗脚。姚氏问，大狗是不是吃不消？贵生转头答道，大狗不错，肯学。开始干，总有些累的，慢慢就习惯了。过了一会儿，姚氏又问，牌坊建得怎么样了？贵生正在擦脚，一只脚虚踩在木盆沿上，一不小心，差点儿把盆踩翻了。贵生擦好脚，说，早呢，刚把石头运过去，开始打地基。贵生很快地倒了水，带小狗睡觉去了。姚氏一个人继续在油灯下刷碗。瓷碗和铁锅碰在一起，不断地发出响声。姚氏收拾好了，最后又看了看几只猫，给猫碗里添了些萝卜，这才端起油灯进了里屋。

这样过了十几天。到后来，小狗有时候跟二狗一起去挖萝卜，有时候到村里玩。有一天上午，贵生他们都出去了，姚氏在门前切萝卜。太阳升起来，将萝卜叶上的露水照得闪闪发光。小狗从屋里迟疑着出来，挨近姚氏，小心地说，妈，他们说你呢。姚氏继续切着萝卜，随口问道，谁？小狗说，村里许多人，都说呢。姚氏仍然切着萝卜问，说我什么？小狗蹲着身子，凑近姚氏的耳朵说，他们说你跟贵生叔。姚氏停下来，转头看着小狗。小狗见姚氏一脸严肃，吓得住了口。姚氏问，他们还说什么？小狗吞吞吐吐地说，他们，他们说，爸爸刚死，你，你跟贵生叔就，就……

姚氏的脑袋骤地轰响起来，眼前的太阳光晃得她金星直冒。姚氏坐在小凳子上，低垂着头，任浓黑的头发将她的脸遮住。姚氏没有想到流言蜚语竟然毫不同情地降临在她——一个新寡的妇人身上。姚氏想，贵生是丈夫的结拜兄弟，这些天多亏他带着大狗。有人要嚼舌根，让他嚼去吧，没有的还能说成有？姚氏想了很久，终于抬起头。小狗早吓坏了，胆怯地看着姚氏，问，妈，我说错了吗？姚氏摇摇头，拉着小狗的手说，你听说的事千万不要跟别人说，跟贵生叔也别说，知道吗？小狗点点头，说，我不说。姚氏又对小狗说，以后你跟我睡。贵生叔个子大，白天又累了，让他一个人睡得舒服些。小狗懂事地点点头。姚氏说，你帮我切萝卜吧。小狗跑回屋，收好准备拿到村里去玩的弹弓，搬了把凳子来切萝卜。

晚上，姚氏早早地将饭做好了。吃好了饭，姚氏接着切萝卜。等贵生他们都已睡了，她站起来刷碗。直到油灯的火苗摇晃着，渐渐地小下去，姚氏很快地洗了，进了里屋，将门闩死，掖好小狗的被子，才脱衣睡下。姚氏睁眼望着黑漆漆的屋顶，直到很晚，听见了半夜里的几声狗叫，才合眼睡去。

转眼石匠死了一个多月了。这天晚上，贵生和大狗回家的时候买回来一些爆竹和纸钱。吃晚饭的时候，贵生对姚氏说，明天是大哥五七，我们早上去给大哥磕个头。马财主的牌坊也快建好了，我们后天去收个尾就行了。马财主还要大宴宾客呢。

第二天是个大晴天。姚氏早早地做好了准备。吃了早饭，姚氏他们就去石匠的坟上。姚氏将丈夫生前用过的粗瓷大碗放在坟前，里面盛满了米饭。姚氏睹物思人，又伏在坟头上大哭了一场。姚氏的黑发在太阳底下反射出耀眼的光芒，晃住了贵生的双眼。姚氏哭得大狗们一齐伤心起来，他们的眼泪就纷纷地落在了石匠坟前的草地上。

中午时候，姚氏一家正在吃饭，邻居王婆踮着小脚走了过来。王婆对姚氏笑笑，说，我来找猫呢。王婆随即将眼光投在灶后的木盆上。那只黄毛大雄猫正和大黑猫并排躺在一起，三只小猫在它们身边转着圈玩耍。王婆走上前去，一把揪起大黄猫，走到门边，转头对姚氏笑着说，你瞧这猫，死活赖在你家了，好像要在你家过年似的，我非收拾它不可。王婆说着，走出了门。一会儿，屋侧传来了大黄猫凄厉的叫声。王婆一面用树枝抽打着猫，一面高声叫骂。几种声音混杂着透过门墙，冲进了姚氏的家里。姚氏和贵生脸色都变得难看起来。二狗说，王婆下得手打猫呢。小狗站起身来要出去看。姚氏喝道，别去，吃你的饭。

小狗看一看其他几个人，又朝门口探了一眼，终于坐了回来。小狗把萝卜皮扔了一地。他很不安地吃着，身体晃来晃去。姚氏狠狠地瞪了他一眼。小狗伸了伸舌头，不敢再动。

大黑猫和三只小猫听到大黄猫凄惨的叫声，都一齐惊叫起来。大黑猫猛地跳出了木盆，朝门外蹿去。许久，大黑猫才低着脑袋走进了屋门。大黑猫一跳进木盆，小猫便一齐围着它叫起来。大黑猫伸舌头舔舔一只小猫的额头，倒卧下来。姚氏给猫们拿了一些萝卜，几只小猫慢慢地吃了起来。姚氏看见大黑猫的眼睛下面有一滴混浊的液体。姚氏心中一酸，伸手缓缓地摸了摸大黑猫软软的身体。

午饭很快在沉闷的气氛中吃完了。贵生坐在桌边咕噜咕噜喝完了茶，低着头对姚氏说，我得走了。姚氏没有回答，依然刷着碗。贵生又说，快过年了，我得回家了。姚氏转过头来望着贵生。贵生站起身来，到房间去收拾了一下自己的东西，拿着包裹走出了房间。姚氏和大狗二狗小狗静静地看着贵生，谁也没有说话。贵生说，我走了。就跨出了屋门。中午的阳光将贵生的影子投射得短短的。贵生站在门边回过头说，二狗、小狗，你们要听妈的话。天冷，出门时当心冻着。贵生说完就朝外面大路上走去。大狗跟着贵生出了门，送他到大路上。贵生在大路上回转身对大狗说，你要照顾好你妈。还有，你以后得自己学着做活儿，我不能教你了。明天你去马财主家把工钱拿回来，好好过个年。大狗使劲点头，想说什么又停住了。贵生往前走了两步，又回转头说，你回吧，有什么事可以去找我，我也会给你们捎信的。然后贵生就迈开大步，朝路前方去了。大狗目送着贵生走到路的尽头，才回转身来进屋。大狗回屋的时候，二狗和小狗都坐在凳子上，姚氏还在灶边刷碗。

晚上，姚氏收拾贵生的房间时，发现有一件叠得整整齐齐的白衬衣贵生忘了带走，上面还有一条大口子是姚氏帮着缝的。姚氏将衬衣展开又叠好，放在了柜子里。

第二天早上，姚氏没有起床。姚氏无力地躺在床上，一阵阵地头晕。小狗一大早爬起来跑去对大狗说，妈病了，躺在床上呢。大狗连忙穿衣跑过来，看见姚氏脸色蜡黄，额头上渗出一层冷汗。大狗喊起二狗，叫他到灶下生火。大狗用开水冲了一碗生姜水给姚氏喝下。姚氏出了一阵热汗，昏昏地睡去。大狗做了早饭，煎了两个鸡蛋端给姚氏。姚氏半靠在床上，吃了半个，喝了点儿汤，对大狗说，我没事，你快吃饭，还要去给马财主建牌坊呢。大狗答应一声，吃了早饭，叫二狗在家照看姚氏，就动身出门。晚上，大狗回来，姚氏还躺在床上，看起来已经好了些。姚氏叫大狗坐下，问他马财主家的牌坊立好了吗？大狗说立好了。姚氏又问，是不是很气派？大狗轻轻答道，是，是棠上牌坊群中最大的，把别的牌坊都盖过了呢。姚氏又问，见到马财主了没？大狗说，见到了，马财主请了许多客人参观牌坊。客人都在谈论牌坊上的大字写得漂亮呢。还有，县里的老爷也来了。县老爷下了轿，直向马财主拱手，恭喜他。马财主笑得都合不拢嘴。姚氏抬了头，拿眼朝虚空里看。大狗顿了顿，高了音调，说，马财主的亲家，赵财主也好风光，兴高采烈地与县老爷和马财主围了桌子喝酒。我远远地听见他直夸他的儿媳。棠上村里的乡亲们也都去了，围了好大一片，黑压压的，真壮观哪。大狗正往下说，姚氏忽然打断了他，说，牌坊上沾着你爸的血呢。大狗神色突然暗下来，移了移身子，用手在腰里摸，说，哦，马财主给了工钱呢。大狗说着，把一个钱袋掏出来递给姚氏。姚氏掂了掂说，这么多啊。大狗说，贵生叔的也在里面。这时候，二狗端来一碗肉汤，递给姚氏。大狗说，妈，你喝了汤补补身子。姚氏看着热气腾腾的肉汤说，你爸没了，你刚能挣点钱，就买这买那，要开始攒钱娶媳妇呢。大狗说，妈，没事，你喝吧，我能挣钱了。过了年，我就跟人一起到外面做活儿。姚氏喝了一口汤，停下来说，可怜你们兄弟三个了。妈也没有什么给你们。外婆给我的几个戒子，跟我多少年了，日子再难我也没舍得卖掉，到你们娶媳妇时一人一个，你们好生传下去吧，就这么点儿家底。姚氏说着咳嗽起来。大狗忙去拍着姚氏的背。姚氏又喝了一点儿汤，躺下去睡了。

第三天姚氏还没有起床。再过两天就过年了，大狗去办年货，二狗在家里收拾。到傍晚，姚氏起了床去烧饭，小狗从村里玩耍回来，告诉姚氏说，隔壁王婆将那只大黄猫打了一顿，这两天拴住了不让出来，大黄猫叫个不停，不吃不喝，今天下午死了。王婆把猫扔在了山沟里。姚氏呵斥道，别人家的事，你小孩子不懂，不要管。小狗吓得不敢吱声。过了一会儿，小狗又问，妈，猫死了不是只能挂在树上，让它升天么？怎么王婆把猫扔山沟里了？姚氏打了一下小狗的头，说，你不懂不要问，王婆家的猫是只坏猫。小狗听了，不再问。一会儿，大狗买了年货回来，小狗蹦跳着抢去翻看。

这两天姚氏病在床上，村里的妇女们都拿了鸡蛋来看她。姚氏见村里人这么关心她，眼睛红红的。几个年纪大的老奶奶唠叨着说起了石匠。姚氏听了心酸，不觉淌下泪来。老奶奶们心肠软，也陪着掉下眼泪。隔了一天，邻居王婆也踮着小脚来看她。姚氏慌忙要下床，王婆按着说不能动不能动，坐在床边和姚氏谈了好一会儿。小狗躲在房门外听见王婆提起了那只大黄猫，接着又谈到贵生。小狗还听到王婆谈起了马财主家的女儿。最后王婆长长地吁了一口气，站起来告辞。小狗赶快猫着腰躲开了。姚氏挽留王婆在家吃饭，王婆说不了，就出了房门。王婆在木盆里挑了半天，将一只全身雪白雪白的小猫抱着出了门。大黑猫和另外两只小猫一齐叫唤起来。王婆仿佛没有听到，一直出门去了。

过了年，姚氏完全好了。年十五过后，大狗对姚氏说，妈，我要出门做活儿了，这一次是到外县，恐怕要一个多月才回来。姚氏替大狗把要带的东西都装好，临走时又叮嘱大狗要注意身体，要时常捎个信回家。大狗答应了，转头对二狗说，我走了，家里就靠你了，你要勤快点儿，不要惹妈生气。大狗又叫小狗如何不要调皮，要听妈和二哥的话。然后，大狗就挑着担子和村里另外一个石匠一起上路了。

这以后大狗经常外出做活儿。到了农忙季节，大狗回来耕地，播种，收割庄稼。姚氏在家里带着二狗和小狗里里外外地忙碌。姚氏常常坐在丈夫的坟前，长时间地一动不动。石匠的坟上已经长出了青青的茅草，微风嗖嗖地一阵阵吹过来，茅草便呜呜地摇动。姚氏坐在坟头，想丈夫该升天了，再不会受苦了。到了春天，麦子长起来了，姚氏叫二狗和小狗在家看门，自己肩着锄头去锄草。姚氏的一块麦地在棠上村牌坊群附近。姚氏经常拄了锄头站在一望无际的碧绿的小麦地里，怔怔地望着那座高大的牌坊。牌坊巍巍峨峨的，矗立在大路口上，仿佛元帅一般，统领着它身后望不到边的、整整齐齐的牌坊群。姚氏丈夫的鲜血和贵生、大狗的汗水就凝聚在那座引起无数人赞叹的烈女牌坊里了。姚氏看着看着就流下了眼泪。春天的阳光照着姚氏脸上垂挂的点点泪珠，闪闪地发亮。

3

时间一天天过去，姚氏在家里默默无声地忙碌不停，带着二狗和小狗毫无声息地过着日子。几只小猫先后被别人领去，大黑猫常常在屋内屋外窜来窜去，叫声不断。到了晚上，大黑猫懒散无力地趴在地上，两眼半睁半闭，无精打采。姚氏经常在深夜里被大黑猫凄厉恐怖的叫声惊醒。姚氏一个人躺在黑漆漆的房间里，不敢睁开眼睛。大黑猫彻夜不息的叫声像一个缺奶的婴儿的哭啼一样，在深夜里充斥了整个屋子，姚氏禁不住时时颤抖起来。二狗和小狗倒像瞌睡虫似的，一上床就呼呼大睡，一直到天亮。

转眼石匠的周年就要到了。大狗也从外面做活儿回来，准备给父亲上坟。这一天傍晚，姚氏正在灶前做饭，大黑猫忽然从灶洞里跳出来，呜呜地叫了两声，然后用嘴咬着姚氏的裤腿，把姚氏往门口拉。姚氏很奇怪，放了手里的葫芦瓢，跟着大黑猫到了门口。姚氏抬眼看见一个黑影正从门前大路上嗒嗒地过来。姚氏揉了揉眼睛，看清了那个在冬日傍晚的寒风里微微摇晃的熟悉身影。姚氏感觉到有什么东西从喉咙深处涌了上来。她几乎把持不住自己，赶忙将一只手扶在门框上。大黑猫站在姚氏前面，双眼在黑暗中闪闪发光。黑影已经走下大路，来到了姚氏门前。在相距几步远的地方，黑影和姚氏的目光撞到一起，对视了片刻。姚氏复杂的目光一闪即逝，把手臂从门框上放下来，侧过身子，平静地说，贵生，你来了。黑影声音有些颤抖地喊了声，嫂子。

大黑猫在贵生和姚氏之间转着圈两边蹭着，一边喵喵地叫。贵生俯下身子，将大黑猫抱在了怀里。贵生宽大的手掌在大黑猫柔软的毛发上缓缓滑动。姚氏把贵生让进了屋里。姚氏一边走到灶前烧饭，一边喊大狗。大狗正在另一间屋子里忙着，听到喊声，和二狗小狗一齐走了过来。二狗和小狗围上去跟贵生亲热。大狗说，二狗，给贵生叔泡茶。一边端了凳子让贵生坐下。

吃晚饭的时候，贵生对姚氏说，今年我一直在外面做活儿，前两天刚完工，计算着大哥的周年到了，就赶过来了。贵生又问了大狗一些话，大狗回答了。贵生说，我碰到一个跟你在一起做过活儿的石匠，他直夸你聪明能干。大狗说，今年又建了几座牌坊，很漂亮呢。大家都说我继承了我爸的手艺，牌坊上刻字的细活儿都让我做了。闲聊着，二狗告诉贵生姚氏生病的事，大狗忙站起身为贵生夹菜，将话题岔开了。

第二天，姚氏和贵生、大狗他们一起去给石匠祭周年。石匠的坟上已经长起了将近一人高的野草。大狗用刀和锄头将坟墓四周修整了一番。接着，姚氏和贵生他们一一磕过了头。纸钱在坟前飘扬起来。姚氏叩头的时候没有像去年一样哭泣。祭了周年下山，姚氏走在最后。走了一段路，走在姚氏前面的小狗偶然回头的时候，看见姚氏的眼睛红红的。小狗不知道母亲怎么哭了。

吃了午饭，贵生坐着同姚氏、大狗他们说些闲话。一会儿，贵生又在各屋里转了一圈，重新坐在灶屋里。这时候大黑猫静静地躺在地上，不时用眼瞄一下贵生和姚氏。贵生轻轻地唤一声猫，大黑猫从地上站起来，走到贵生身边，用身子蹭着贵生的腿。贵生将猫抱起来。大黑猫趴在贵生的腿上，打着呼噜眯起了眼。屋子里一时静下来。大狗和二狗在屋外剁柴，姚氏在屋里切萝卜，小狗坐在小凳子上看着贵生。贵生将猫放下来，起身到门外看了一看。冬日下午暖暖的阳光将贵生高大的身影投射在屋里。贵生看了看天又回来坐着。整个下午，贵生往门外走了几次，又回屋里和姚氏说着些闲事。后来贵生在门外看看太阳快西斜了，走回屋望着姚氏说，我该回去了。姚氏放下切萝卜的刀，抬起头来，没有吱声。小狗走上来挽住贵生的胳膊说，贵生叔再住一夜吧，晚上我怕冷，要你帮我捂脚呢。贵生望望姚氏，姚氏拿起刀，边切萝卜边说，天快黑了，你就再住一夜吧，平时难得来一趟。贵生转头对小狗说，好，叔叔就再住一夜，晚上为你捂脚。小狗松了手，去帮姚氏切萝卜。贵生走到门外，拿过二狗手上的刀剁柴。

晚上吃了饭，贵生又坐着闲聊了一会儿。姚氏对二狗说，打水给你贵生叔洗脚。姚氏走进房间，取了一件衬衣出来，递给贵生，说，这是你的衬衣，去年落在这儿了。贵生一眼看见那件衬衣折痕依旧，一条缝过的裂缝在肩上斜画着。去年贵生走的时候迟疑着将它丢在了床头。贵生接过衬衣，心中怦然而动。然后，贵生和小狗一起上床睡了。

姚氏一个人坐在灶屋里，慢慢切着萝卜。油灯昏黄的灯光将姚氏的身影模模糊糊地钉在对面墙壁上。偶尔一阵冷风从瓦缝里穿进来，半明半暗的影子伴随着灯苗一起晃动起来。姚氏静静地坐在灯下切着萝卜。大黑猫蜷曲在灶洞里，已经发出轻微的鼾声。姚氏切完了一堆萝卜，收拾收拾就进了里屋。姚氏在黑暗中刺刺地脱着衣服，乌黑的头发在她的脑后荡来荡去，搔着了她的脖颈。姚氏走到房门边，伸手闩门。姚氏的手按在黑沉沉的木门栓上，迟疑了好半天。终于，姚氏缓缓地将门栓推进了栓扣，松开手，转身往床边走。快到床边的时候，姚氏突然停下了脚步。姚氏站了好一会儿，又缓缓转过身，回到门边，将门栓轻轻抽了回去。然后，姚氏很快地走到床前，上床躺下了。

姚氏缩在床角，用棉被紧紧地裹住了身体。姚氏的眼睛大大地睁着，看着从瓦缝里漏进来的一两点星光。姚氏强抑的呼吸将粘在她脸上的几根发丝吹得轻轻颤动起来。姚氏听见了自己心跳的声音。姚氏又缩了缩身子。她的全身沁出了细细的汗珠，使得被窝里久久没有暖意。

姚氏躺在床上，觉得这个冬夜好长好长。她的心里七上八下，一团混乱。无数已逝的旧事在她的脑子里移来移去，使她不能空空地睡去。

半夜里，姚氏听到两下轻微的敲门声。姚氏屏住呼吸，一动不敢动。她的大脑一时间变得毫无知觉。姚氏接着听到了吱吱的推门声。一个高大魁伟的身影很快来到了床前。姚氏听到了浑浊、厚重而又急促的呼吸声。姚氏腾地坐起身来，后背紧紧贴着床里边的墙壁。姚氏感到千万股热气正从全身各处涌到她的心里。她在黑暗中看见了贵生闪闪发亮的眼睛。贵生俯在床前，伸出一双结实有力的大手，抚住了姚氏浑圆的肩膀。姚氏的全身在片刻间停止了颤抖。贵生紧紧盯住姚氏。姚氏的鼻尖沁出了一粒粒细细的汗珠。突然，贵生的双手紧紧抓住了姚氏的肩膀。姚氏感到一股无法抗拒的力量正透过她的衬衣贯注进了她的身体，一直通到她的心底。贵生猛地凑上前来，用两片厚实湿润的嘴唇在姚氏白皙的脸上急雨般地亲起来。姚氏的脸上像是爬满了无数的蚂蚁，在一瞬间一齐叮咬起来。姚氏的心口一阵阵发麻。姚氏的背拼命抵住墙壁，想要阻挡贵生的猛烈进击。贵生的嘴唇火焰一般吸住了姚氏一双薄薄的红唇。姚氏一动不能动，口里干燥得像要燃烧起来。一股烈火从姚氏的心底里冒将出来，将姚氏紧闭的双唇冲开一条裂缝；贵生的舌头从裂缝里直冲而入，卷住了姚氏干裂难当的舌尖。姚氏的心底一阵清凉。欲死欲仙的感觉刹那间从姚氏的心底升起来，笼住了她的全身。姚氏从墙壁上瘫软下来，无力地靠在了贵生厚实有力的胸膛里。

贵生在黑暗中爬上了姚氏的木床。木床吱吱呀呀地响了起来。贵生的手伸进了姚氏的衬衣。姚氏的衬衣扣一个个从扣眼里轻轻脱落出来。贵生的手按在了姚氏丰腴的胸脯上。姚氏的心底又是一阵悸动，身体彻底地瘫软下来。姚氏紧紧地抱住了贵生厚实的身体。

姚氏和贵生都没有注意到大黑猫从门缝里轻轻潜入了房间。大黑猫的夜眼扫视着黑暗的房间。姚氏和贵生急促、粗重的呼吸声传入了大黑猫的耳朵。大黑猫纵身一跃，跳上了木床，对着姚氏和贵生发出一声尖叫。

姚氏一惊，猛地挣脱了贵生，坐起身来。姚氏这时候清楚地听见了自己和贵生的呼吸声。姚氏迅速地颤抖着双手扣上了衬衣的布纽扣。贵生吃惊地呆视着姚氏。大黑猫被姚氏的陡然坐立惊吓得逃出了房间，在深夜里发出尖厉的叫声。姚氏低沉着声音说，你出去。贵生没有动。贵生吃惊地问，你怎么啦？姚氏已经扣好了衣扣，退到床角，声音柔和了一些，说，你出去，当心小狗醒了呢。贵生没有说话，无声地凑了上来。姚氏伸开双手，抵住贵生，说，你再不出去我要喊啦。贵生突然拨开姚氏的双手，亲住了姚氏的嘴。姚氏挥动巴掌，打在了贵生的脸上。清脆的响声在夜空里一闪即逝。大黑猫的叫声戛然而止。

贵生默默地走出了房间。姚氏坐在床角，感觉到了贵生在房门口的回头一瞥。姚氏伏在被子上，压抑着声音哭了。姚氏的啜泣在这个冬夜里一直没有停歇，泪水洇湿了她的棉被。

第二天早晨，姚氏很早地起了床。洗脸的时候，她用热毛巾在眼睛上敷了好一会儿。她的眼睛有些红肿。早晨的雾很大很重，太阳迟迟不见出来。吃了饭，贵生准备回家。姚氏望着他，几条微红的印痕依然挂在他的脸颊上。姚氏对贵生说，衬衣带了吗？贵生听了姚氏的话，抬起头来，说，带着呢。沉默了一会儿，姚氏又说，就你一个人，自己要知冷知热，别病着了。贵生心里一颤，点头答应了。然后贵生就站起身来，走出门去。姚氏和大狗他们把他送到门口。贵生转头对姚氏说，明年大哥祭日我再来。姚氏动了动嘴唇，却没有说出什么。贵生转了头，朝着大路走去。雾气很快吞没了贵生高大魁伟的身影。

姚氏转身回屋，收了桌上的碗筷。姚氏给猫喂食的时候，发现大黑猫已经不在屋里。大黑猫哪去了呢？这么大的雾，会沾湿了那身漂亮的黑毛呢。姚氏漫无边际地想着，站在灶前刷碗。

接下来几天，大狗上山砍柴，姚氏带着二狗小狗挖萝卜。萝卜从地里收回来了，有的整着贮藏起来，有的切成片晒干，有的用盐水腌了，剩下的煮了喂猪。有一天上午，姚氏在屋里切萝卜，大黑猫从门外跳着进来。接着，一只黄猫跟了进来。姚氏以为王婆家的那只大黄猫没有死呢。姚氏一边切萝卜一边看着猫。大黑猫和黄猫一起跳进了灶洞。姚氏看到黄猫的肚子底下有一片白毛。姚氏知道这是另外一只猫。两只猫在灶洞里相对着呜呜低叫，时不时用鼻子嗅着对方。王婆那只大黄猫早死了呢。姚氏在心里想着，继续切萝卜。晚上吃饭的时候。姚氏对大狗说，你不小了，妈也该给你娶媳妇了。大狗低了头不作声。姚氏又说，家里也该有个人帮帮我了。大狗抬起头说，等爸过了三周年再说吧，我要为爸守孝呢。姚氏惊愕的神情一闪即逝，半晌，她收拾起碗筷，道，我先给你物色着吧，等你爸满了三年，就该娶回来了。

一家人又忙了些日子，快过年了。天气阴下来，开始下雪。这一年雪下得很大，油菜地和小麦地全蒙上了厚厚的一层白雪，屋檐下的冰柱久久不见化散。大风呜呜刮着，漫天都是飞舞的雪花。幸好姚氏一家早早将一切都准备好了，一家人就在屋里围着火炉闲坐，等着过年。姚氏在火炉前纳着鞋底，想起贵生一人在家，该没有人伺候他。这么冷的雪天，贵生有没有鞋穿？可怜没有人替他纳鞋。姚氏想着，要为贵生做一双布鞋。

大雪连续下了好多天，路上行人渐渐稀少，村庄里空荡荡的。这一天上午，姚氏起床开了门，一眼看见屋檐下睡倒着一个人。纷纷扬扬的雪花几乎将这个人的两只腿掩住了。姚氏仔细一看，是个十六七岁的姑娘，穿着一件破烂的棉衣，身边还有一只破碗。姚氏的开门声都没有惊醒姑娘。小姑娘冻死了吧？姚氏有些惊骇。再一看，姑娘的鼻孔里还有两丝热气在往外冒。姚氏赶紧走上前，将姑娘扶起来，背进了屋里。姚氏喊醒了大狗，帮忙将姑娘安放在姚氏的床上。过了好一会儿，姑娘醒了，吃惊地睁了眼四处瞧。姚氏赶紧端上一碗热汤，让姑娘喝了下去。

姑娘吃了点儿东西，又昏昏地睡过去。到下午，姚氏正在火炉前做鞋，姑娘突然从姚氏的房间里出来，跪倒在姚氏跟前，说，大娘，让我待在你家，给你做女儿吧。姚氏赶紧拉起姑娘，坐在身边。姑娘哽咽着说，大火烧死了爸妈，她单身一人从外省过来，投奔舅舅不成，只好做了乞儿，大雪天里又冻又饿，在屋檐下熬到半夜，终于昏倒在地。姑娘说着，两行泪珠从她清秀的脸颊上滚落下来。姚氏的眼圈渐渐地红了。姑娘说完了，流着泪又一次给姚氏跪下。姚氏点着头答应了。姑娘抬起头甜脆脆地叫了一声，妈。

整个下午，姑娘都偎在姚氏的身边。姚氏用梳子精心地梳理着姑娘长长的黑发。很快，这个流浪的姑娘就变得又清秀又漂亮。小狗围在旁边一迭声地叫姐姐。晚上，姚氏按照长幼，让二狗叫了姐姐，大狗叫了妹妹。姚氏又转头对姑娘说，柳儿，往后就是一家人了，不要显生分了。姑娘笑着点头答应。一家人就坐在桌边吃饭。雪夜的小屋里，一派乐融融的气氛。睡觉的时候，姚氏和柳儿躺在床上，谈了半夜。

柳儿就在姚氏家里住了下来。过年前后，柳儿帮着姚氏里外忙碌。姚氏看着柳儿又勤快又灵巧，心中充满了喜悦。转眼过了年，大狗又出门做活儿。柳儿在家里帮忙种地，一切都顺顺当当。柳儿又给二狗小狗做了衣服，省了姚氏许多工夫。大狗做活儿回来，柳儿拿了早做好的衣服说，哥，你试试看合身不？大狗接了衣服，穿在身上，不大不小，正合适。大狗赞道，妹，你真能干。姚氏也围着看了，连声夸柳儿。

日子这么过着，又一个冬天来了，姚氏开始心神不宁起来。姚氏和柳儿在地里挖萝卜。姚氏立了锄头，怔怔地望着那座牌坊。高大的牌坊依然板着脸立着，任凭风雨侵蚀，也没有半点的毁损。姚氏久久地呆望着，柳儿跑过来问，妈，你不舒服吗？姚氏回过神来，赶紧说，没什么，柳儿。只是有点儿累。柳儿就把姚氏筐里的萝卜又拿了一些过来，放在自己筐里，挑着回家。

隔一天，石匠两周年要到了，姚氏对柳儿说，你贵生叔怕要来了。这一天，大狗带着二狗小狗去挖萝卜，姚氏和柳儿在家准备祭品。姚氏在灶下生火，柳儿在灶前忙碌。姚氏探出头说，柳儿，等你爸三周年满了，该给你找个女婿了，你看呢？柳儿羞红了脸，低了头不说话。姚氏说，柳儿，不用害羞呢，我们小户人家，不比财主。找个好女婿，这可是终身大事啊。柳儿仍低着头，双手在灶上漫无目的地忙乱着。沉默了一会儿，柳儿抬起头，看着姚氏说，妈，我舍不得离开你呢。姚氏玩笑着说，那你就嫁给你大狗哥吧。柳儿慌忙低下了头，灶上的瓷碗锅铲碰得乱响。姚氏又说，柳儿，别犯傻了，女儿大了总要离开妈的。

将近黄昏的时候，贵生来了。姚氏把柳儿介绍了，一个劲儿地夸她。柳儿又红了脸，低下头不作声。第二天给石匠上了坟，中午，屋里碰巧就姚氏和贵生两人。贵生咳了一声，想说什么又没说，只拿眼盯着姚氏。姚氏在灶前忙着，停了手中的活儿，说，我准备给大狗娶媳妇，大狗说等他爸满了三年再说。大狗是个有孝心的孩子呢。贵生转了眼看趴在地上的大黑猫。姚氏又说，我想明年冬天就给大狗娶媳妇，到时候你可要来帮我筹划筹划。贵生依然看着大黑猫，问，给大狗相好媳妇了吗？姚氏说，你看柳儿怎样？贵生低着头揣度。姚氏又说，柳儿不错呢，帮了我许多忙。等明年做了大狗媳妇，我就可以放开手了。贵生听了，触电般抬起头，看着姚氏。姚氏对贵生笑笑，走进里屋拿出一双布鞋，递给贵生说，你看合脚不？你一人在家，没人帮衬，一定没鞋穿吧。贵生接过鞋作势比了比，又捏在手里摩挲了好半天。下午，贵生回家，姚氏站在门口看着他将那双鞋紧紧地拿在手里，走上了黄泥大道。姚氏直盯着贵生的身影消失在视野之外，这才转身回屋。姚氏看着大黑猫，在心里计算着日子，觉得有些漫长。姚氏叹了口气，坐下来切萝卜。一会儿，姚氏又想起过去的两年日子，神色于是欣然起来。菜刀在砧板上飞快地上下振动，雪白的萝卜一片片斜滑而下，很快地堆了一小堆。

又一年时间在农家繁忙的日常琐事中终于过去了。初夏收割小麦的时候，姚氏把自己的打算对柳儿说了。柳儿含羞答应了姚氏。柳儿低着头，从嗓子眼里挤出一点儿声息来，说，妈，我的命是你救的，你说怎么办就怎么办，不用问我呢。下半年，姚氏叫大狗少揽点活儿，花些时间把几间屋子整修了一番。石匠忌日前几天，姚氏对大狗说，明天去请你贵生叔来，你爸没了，你的事就靠他帮忙张罗了。大狗答应了，正准备去，可巧贵生晚上来了。上坟这一天，姚氏亲自主持，忙上忙下，办理大大小小的事情。姚氏在石匠坟前痛哭了一场。姚氏亲自划着了火石，无数纸钱伴随着姚氏的泪水飞上天去。很久很久，姚氏才在柳儿的搀扶下站起身来，一步一步往山下走。一路上，姚氏不断地回头，像是要将石匠沉默的坟墓映在心底。

接着就为大狗的喜事忙开了。好在农家小户，事情并不繁杂。几天之后，一切都准备好了，贵生对着皇历本择了一个吉日，大狗和柳儿就成了亲。那天晚上，村上来贺喜的人很晚才离去。姚氏等大狗柳儿他们都睡了，一个人在灶前洗刷碗筷。油灯昏昏地照着，姚氏眼角的皱纹舒展了些。大黑猫满屋里转悠着，喵喵叫个不停。姚氏刷好了碗，坐下来，低着头发愣。大黑猫跑过来，在姚氏腿上乱蹭着。姚氏将大黑猫抱起来，轻轻抚着它一身柔软的毛发。大黑猫很快地闭了眼，口里发出呼呼的声音。姚氏刚停止摩挲，大黑猫就又叫起来，跳下姚氏的臂弯，从门洞里钻了出去。姚氏听见了大黑猫在夜晚旷野里孤独凄厉的叫声。

姚氏又呆坐了一会儿，端了昏黄摇曳的油灯去里屋准备睡觉。姚氏坐在床沿上，解开了棉衣的两颗纽扣。姚氏的手停在第三颗纽扣上，抬头呆呆地望着油灯。油灯闪烁不定的光焰照得姚氏的脸色一阵阵变化。姚氏听着大黑猫的叫声渐渐远了，终于消失在黑暗中。姚氏把眼光从油灯上移开，漫无目的地来回扫视着这间小小的屋子。就是在这间简陋的小屋里，姚氏和丈夫度过了漫长的岁月。姚氏心中忽然有点酸。良久，姚氏收回了目光，继续解纽扣。布纽扣一颗颗从扣眼里滑落，姚氏吹灭了油灯，房间里顿时一片黑暗。姚氏躺在床上，看见了从瓦缝里透进来的几点星光。

姚氏刚刚眯了眼蒙眬睡去，一阵轻微的响动就惊醒了她。姚氏随着吱吱呀呀的推门声，紧接着听到了踏在泥土地上的潮潮的脚步声。姚氏没有睁开眼睛。她平躺在床上，心中忽然变得极为宁静。一阵窸窸窣窣的声音之后，姚氏感觉到棉被一角被轻轻揭开了。姚氏微微颤动的红唇被一双厚实有力的唇完全地掩住了。姚氏在黑暗中紧紧地抱住了贵生浑圆的身体。她和贵生都没有听到木床长时间吱吱呀呀的响声。

姚氏平躺在床上，双眼溢出了泪水。无数的往事再一次涌上她的心头。姚氏在这个黑夜里无声地哭了。贵生俯着身子，用他的舌头温柔地舔去了姚氏脸上咸咸的泪水。姚氏忽然侧过身子，伏在贵生宽宽的胸怀里。姚氏不停地啜泣着，眼泪滴了贵生一胸。贵生有力的大手在姚氏浑圆的肩膀上轻轻滑动，他感觉到了姚氏的肩膀在时紧时慢地耸动。半晌，姚氏坐起身来，迅速穿好了棉衣。姚氏在黑暗中对贵生说，你必须带我走了。贵生说，现在？姚氏点点头，说，现在。贵生问，那，小狗他们呢？你舍得他们？姚氏没有回答，泪水在她眼中打着转儿，闪闪发亮。贵生迅速爬起了床。姚氏很快将衣物打成一个包裹，和贵生一起走出了房间。在门口，姚氏转过身来，缓缓地扫视了一遍整个房间。然后，姚氏将房门轻轻地、缓缓地掩上。姚氏走进了二狗和小狗的房间。她在黑暗中听到了二狗和小狗均匀的呼吸声。姚氏的泪水再一次模糊了双眼。她将两枚祖传的戒指放在他们床头，转身离去。姚氏在灶屋停了下来。她的手在瓢碗锅铲上一一滑过，最后伸进了灶洞。灶洞里空空荡荡，大黑猫还没有回来，不知道哪里去了。姚氏进了进眼珠，跟着贵生跨出了屋门。姚氏在走上黄泥大道的时候转身回头，最后看了一眼这座她住了二十年的农舍。随后，她跟着贵生，顺着黄泥大道走了下去。棠上村的牌坊群从他们的身后一滑而过。姚氏在经过巨大的牌坊群的时候，没有抬头。高大的牌坊影住了姚氏面前的路。

第二天早晨，柳儿很早起来烧饭。柳儿没有注意到屋门没有闩死。柳儿坐在灶下生火，火光照得柳儿的脸颊通红通红，她左手无名指上的戒指闪闪发光。柳儿烧好了饭，天已经大亮，柳儿很奇怪姚氏怎么还没有起床。妈这些天忙着我们的事，有些累了呢。柳儿在心里揣度着，拿起扫帚将屋里打扫了一遍。这时候，大狗走进了灶屋。柳儿打了水端过去。大狗对柳儿笑笑，伸手拨弄了一下她头上扎的红绸巾，拿起毛巾准备洗脸。二狗和小狗走了过来。二狗说，哥，我们床头放着戒子呢。大狗一惊，抬了眼看二狗和小狗手中的戒指。小狗说，贵生叔呢？贵生叔不见了。大狗迷惘地看着柳儿。柳儿摇摇头。大狗恓惶起来，把毛巾扔进盆里，推门进了姚氏的房间。姚氏的房间里空空荡荡。

一家人慌乱地奔走在整个村庄，又一个个更加慌乱地走进了家门。柳儿端上了已经没有热气的饭菜。沉默中，小狗忽然放下饭碗，哭了起来。他的哭声越来越大，冬日早晨的阳光斜射进来，照得他泪光闪烁。这一个上午，一家人呆坐在屋里，一动不动。柳儿在灶前缓缓地刷碗，锅碗时不时碰响起来，扰得大狗他们心里更烦。下午，村里的人陆续来了，遮在门口的人们影住了大狗。叽叽喳喳的吵闹声、叹息声响个不停。邻居王婆的喳喳声整个下午一直不断，二狗听得心烦，将一只凳子踢翻了。到晚上，人们陆续离去，大狗的心开始安静下来。大狗默默地将姚氏的房间收拾了一遍，将那张木床拆开靠在墙边。然后，大狗用一把大锁将房间锁了起来。

4

大黑猫痛苦不堪的叫声又一次在昏暗的小屋里响亮起来，久久不息。柳儿坐在木盆前，注视着大黑猫的生产。玉儿伏在柳儿的腿上，好奇地看着大黑猫痉挛的身体，大大的眼睛一眨也不眨。大黑猫躺在木盆里，鲜血一点一点滴落在盆底的棉布上。几年过去了，大黑猫依旧不见苍老，大黑猫全身的黑毛依旧乌黑，这时候一根根竖直起来，宛如刺猬一般。柳儿看着大黑猫痛不欲生的情景，不由得想起当年自己生下玉儿的那一时刻。柳儿的心情不自禁地抽紧了，一阵阵后怕。柳儿用手在玉儿的头上慈爱地摩挲了几下。玉儿抬起头，看看柳儿，又把头低下，在柳儿腿上蹭着。这时候，大黑猫的叫声突然剧烈了起来，紧接着又低沉下去。柳儿看见一只小猫已经探出了脑袋。柳儿舒了口气，全神贯注地盯着小猫一点点挤出母体，伸出剪刀剪断了脐带。好一会儿，两只小猫全都蜷伏在了木盆里。小猫喵喵叫着，拼命往大黑猫身下钻。大黑猫的脑袋靠在木盆边上，呼吸声渐渐平稳下来。

柳儿服侍好了猫，到门外小河里洗手。阴沉沉的天笼罩着村庄。柳儿的目光一直注视着黄泥大道的尽头。快过年了，大狗怎么还不回呢。柳儿心里焦躁起来。带血的剪刀在溪水里胡乱晃荡，一缕缕血丝来回窜着，像小鱼儿一般乱撞，仿佛要跳出水去。大狗怎么还不回呢。柳儿一边洗着手一边朝大路上看。

大狗出去做活儿快一年了，一次也没回来过。柳儿一个人在家里，心里闷得慌。冬天的夜里，被窝里好冷好冷。柳儿几乎要骂大狗。剪刀一下子夹了她的手指，生生的痛。柳儿惊醒过来，想着大狗常年在外做活儿，该是又苦又累。柳儿又疼起大狗来。那一年姚氏和贵生不声不响地走了，把他们四个人扔在了家里。那一年的新年过得好冷清。村里人都不来看他们，只王婆时不时来走动，当着他们骂贵生的不是，又骂姚氏。大狗叫柳儿备了酒菜，恭恭敬敬地请王婆吃了一顿饭。王婆不住地夸大狗，说他懂事，可是还骂贵生和姚氏。直到姚氏走了一年，王婆才不再骂了。姚氏走了，大狗肩起了全家的重担，里里外外地忙碌，这两年老气了不少。玉儿刚出世，大狗就外出做活儿去了。柳儿一个人在家里，又是带玉儿，又是忙家务，还要帮二狗小狗干农活儿，忙得没有歇。柳儿想，要是姚氏在家就好了。

想起姚氏，柳儿心里难过起来：是妈救了我的命呢。姚氏出走已经好几年了，柳儿半点儿也没听到她的消息。妈真该回来看看我们，玉儿都长这么大了。

柳儿又嗔怪起姚氏来。姚氏走了，把她一个人落下，她好不习惯，总像少了依靠。大狗虽做了她的丈夫，可柳儿总觉得隔了一层，不如在姚氏身边待着舒服。

柳儿正想着姚氏，忽然一阵冷风从水面飘过来，柳儿哆嗦了一下，脚下踏滑了一块石头。柳儿匆匆洗完了手，站起身来，看看天已经不早了。柳儿回到家里生火做饭。柳儿盛了两碗米，又洗了好多萝卜。二狗和小狗都长大了，饭量一天天见长。柳儿把灶里的火生得大大的，淘了米煮饭。火光将柳儿白净的脸映得通红。玉儿坐在凳子上打起了呵欠，柳儿忙把她抱起来，放到床上，盖好了被子。天已经暗下来，柳儿坐在灶下，望着火光怔怔地发呆。柳儿不知不觉流下了眼泪，两滴泪水挂在她的脸颊上，在火光下像两颗珍珠。大狗在外面做活儿快一年了，该挣了不少钱呢。柳儿想着家里又能添些物件了，几个人都能做件新衣了，精神好了些。柳儿拭了拭脸上的泪，又往灶里添了几根柴禾。这时候敲门声响了起来。该是大狗回了吧？柳儿赶紧将头发理了理，又在眼睛上揉揉，站起身来开门。

站在门口的不是大狗，是和大狗一同出去做活儿的邻居水生。水生站在门口说，嫂子，大狗哥叫我捎话给你，他过年不能回来了，那边的活儿是州里的老爷要做的，要赶紧，可能还要做半年。我回来一下，明天就得去。柳儿听了，一颗心仿佛沉到了地下，一时间几乎不能控制住自己。水生从腰里解下一个钱袋，递给柳儿，说，这是大狗哥带回来的，说给你们过年。大狗哥在那边挺好的，叫你们不要牵挂呢。柳儿接过钱袋，手里沉甸甸的。柳儿没有注意到水生是怎么离开的。她退回屋里，坐在灶下，失手将钱袋掉在了地上。柳儿直想哭，可是眼窝里枯枯的，心里也枯枯的。柳儿忘了关门，冷风一阵阵吹进来，吹得柳儿的头发乱颤。柳儿漠然地将一根根枯柴添进灶膛，锅底顿时烧得通红。突然，锅里的热米汤沸腾起来，将锅盖一下掀翻了。一股浓浓的水雾霎时充满了整个昏暗的屋子，柳儿被突来的潽声惊得跳起来。

二狗和小狗回来的时候，柳儿已经将饭做好了。柳儿端着昏黄的油灯去看猫。大黑猫静静地躺在木盆里，两只小猫半藏在它身下。大黑猫微微睁眼，慵懒地看一看柳儿，又闭上了眼睛。这时，二狗和小狗的脚步声在柳儿身后响起来。二狗进门时，高大的身影将油灯的灯苗扇得一晃一晃。二狗一边放下担子一边说，姐，大哥还没回？柳儿忙将油灯端得离自己远了些，用一只手圈着火苗，影住自己的脸，说，没呢。刚才水生来过了，说你哥今年活儿忙，不能回了。二狗和小狗将竹筐里的萝卜堆在墙角，柳儿已打好水让他们洗脸。洗完脸，三个人坐下来吃饭。二狗大口大口地扒着饭，一颗饭粒沾在他胡子拉碴的上嘴唇上。看二狗飞快地吃完了饭，柳儿给他又添了一碗，低下头来继续吃饭。柳儿吃得很慢，一粒粒地夹着饭往嘴里塞。两支竹筷在她手里不断地交叉又分开。良久，柳儿放了饭碗，不抬头地说，你哥还要半年才能回呢。

二狗和小狗都停止了扒饭，一口饭在二狗嘴里哽着，半天才咽下去。

二狗和小狗累了一天，吃了饭洗一洗就去睡觉。二狗朝房间那边走了几步，又回过头来，对正在刷碗的柳儿说，姐，下次该我出去做活儿了，让哥留家里吧。昏黄的灯光照着二狗的身影走进了黑暗之中。柳儿站在灶前，木木地刷着碗，泪水不知不觉又从眼眶里溢了出来。柳儿来不及擦拭，一滴眼泪就滴进了锅里，在一只粗瓷大碗里滚动。柳儿忙将碗斜了，让洗碗水淹没了泪滴。柳儿洗了碗，坐下来切萝卜。柳儿手中的刀呆滞地挥动着，萝卜片散乱地倒在了地上。时紧时慢的切刀声在空空荡荡的屋子里响了一会儿，突然停止了。柳儿差点儿切着自己的手指。柳儿放了刀，怔怔地呆坐在屋子的角落，昏黄的灯光将她的满头黑发散乱地影在墙壁上。柳儿站起身来，胡乱地收拾了萝卜，洗了脸准备睡觉。柳儿走到灶后，看见大黑猫和两只小猫正沉沉地睡着，柳儿抬手在大黑猫的背上轻轻地抚了几下，转身朝房里走去。

这一夜，柳儿躺在床上难以入睡。玉儿蜷伏在她的小床上，依然沉沉地睡着。柳儿掀开被子一角，想抱玉儿到大床上去。被窝里暖乎乎的，柳儿迟疑了一下，重又帮玉儿盖好被子，把四角塞塞紧。柳儿在玉儿的小脸上亲了一下，便脱了衣服，将身子钻进大床。柳儿将厚重的被子裹得严严实实。柳儿睁眼看着屋顶。一阵阵冷风似乎从瓦缝里直穿而入，柳儿瑟缩着身子，接二连三地打着寒噤。柳儿在床上一阵阵地翻来覆去，冷风也随着灌进了被窝。柳儿想起了姚氏，姚氏走了好几年了。柳儿又想起了了贵生。妈现在不知在哪儿呢。柳儿想着，眼前不断现出姚氏和贵生的影子。姚氏和贵生的影子都变得虚了，不实在了，在柳儿心里飘来飘去，可是不能定下来。柳儿觉得姚氏和贵生离自己好远好远。可是妈不管在哪儿，总和贵生叔在一起了。柳儿望着黑沉沉的屋顶，心里不禁一颤。她又想起了大狗。大狗明明隔得这么近，可就是不能见面。

大狗还要半年才能回来呢。柳儿伤心地怨恨起大狗来，眼中又涌出了星星点点的泪珠。迷迷糊糊中，柳儿仿佛看见大狗推门微笑着走了进来。柳儿猛地坐起身，脑袋神经质地摇了几下。柳儿睁大了眼，什么也看不见，房间里漆黑漆黑，只有从门缝里钻进来的二狗和小狗的呼噜声。他们都睡着了，恐怕夜已深了。柳儿想着，重又钻进了被窝。姚氏、贵生和大狗的影子又一次纷乱地出现在柳儿的眼前。柳儿想起了几年来的日子。大狗是头牛呢，只知道干活儿干活儿干活儿。柳儿想着又伤心起来，听任泪水模糊了双眼。泪水从她的眼窝里涌出来，顺着她丰润的脸颊滑落下去，一点一点地洇湿了枕巾。柳儿将头蒙进被子，低低地啜泣起来。柳儿不知道她在什么时候停止了哭泣。她直挺挺地躺在床上，听着透过门缝传来的呼噜声，蒙蒙眬眬地睡去。

接下来几天，柳儿粗粗准备了一下，就要过年了。年三十早上起来，打开门，满眼里银白，地上已积了厚厚一层雪。漫天的大雪仍旧一个劲儿地飘着，天气骤然冷了下来。二狗说，我到山里转转，看能不能打到野物。就冒着大雪出了门。走过的地方留下一串深深的脚印。柳儿看着二狗去远了，关了门，开始准备年夜饭。玉儿也早早地嚷着起了床，围着柳儿转。柳儿忙着活儿，一边胡乱想着，心里烦，伸手打了玉儿一下。玉儿顿时大哭起来。小狗正在灶下看火，忙抱了玉儿说，妈妈烧年饭，我们出去玩去。就带了玉儿出门。门开处，冷风裹着雪花吹进来，刺得柳儿直打颤。柳儿关严了门，继续忙活。柳儿无精打采地忙着，又怨起了大狗。大狗要是在家该多好。柳儿想着想着，一边做好了年饭的准备。柳儿闲坐了一会儿，站起身来打水洗过年澡。柳儿将澡盆放在灶边，又在灶边生了一堆火。柳儿刺刺地脱了衣服，坐在澡盆里一点一点地用毛巾擦洗身子。柳儿白嫩的身子在蒸汽里烘得像仙女一般。火光照得她平添了几分妩媚。柳儿用毛巾细细地擦她丰满的胸脯，水珠从那上面往下滑落。

柳儿的胸脯颤动着。柳儿丢了毛巾，用手在胸脯上摩挲。

柳儿洗好了澡，拧了毛巾，站起身来把身子擦干。火光有些暗，映得柳儿的身子朦朦胧胧。柳儿低下头细细地擦身子。这时候门突然被推开了，柳儿一惊，忙用毛巾掩住胸脯。柳儿看见二狗站在门口，白白的雪花缀了他一头一身。二狗拎着一只野羊，怔怔地站着。二狗看见了柳儿雪白润滑的肌肤，跳动的火苗照得柳儿的身子忽明忽暗……一刻间，澡盆里的水晃荡着四处乱溅，溅得满地都湿了。灶边的火苗渐渐地小下去，只剩下一小支，左右摇晃着，倏地灭了。屋子里顿时暗下来。

下午，柳儿抱着玉儿在火炉前烤火。柳儿的脸颊泛出潮红来。二狗和小狗都洗了过年澡。柳儿坐不住，站起身四处忙碌，把一切都收拾得有条有理。到了傍晚，鹅毛大雪下得更紧，村庄里响起了此伏彼起的鞭炮声。柳儿也把菜端上了桌，放完了爆竹，一家人坐下来吃年饭。柳儿和二狗、小狗都喝了些酒。吃过饭，小狗早早地去睡了，玉儿也早已睡着。柳儿收拾了碗筷，在灶前刷碗。大黑猫忽然叫着跳过来，围着柳儿转。大黑猫的尾巴拂得柳儿腿肚子发麻。柳儿忙搛了几块骨头放在猫碗里。柳儿的脸在油灯下微微泛红。柳儿感到有些头晕。兴许酒喝多了呢。柳儿转头看看二狗。二狗坐在桌边，正盯着柳儿的背影，脸色也暗红暗红的。柳儿说，二狗，你喝多了吧？要不要煎点儿葛根水喝？二狗摇摇头，说，不用了，我没喝多呢。柳儿不再说话，屋子里只听见碗在锅里碰响的声音。柳儿刷好了碗，二狗还坐在桌边。柳儿说，你不睡吗？二狗站起来看了一眼柳儿，慢慢转身走进了房间。柳儿也端了灯到房里睡了。柳儿躺在黑漆漆的房间里，听着屋外呜呜的风声。她的头昏昏沉沉的，却好久没有睡着。隔壁房间传来二狗翻动身体的声音。二狗也睡不着呢。柳儿心想。柳儿听到了自己粗重的呼吸，厚厚的棉被随着她的呼吸一起一伏。柳儿身上上午被二狗抓过的地方隐隐作痛。柳儿躺在床上，酒意渐渐上来，把她丰腴的脸颊映得通红。柳儿感到被窝里好热，一阵阵热汗涌上来，浸湿了她的全身。

这时候，柳儿的房门被推开了。一阵短促的响声过后，二狗粗重的呼吸声传了过来。柳儿还没有来得及想什么，被子就已经被掀开了。二狗粗重的呼吸在她的脸上荡开了一层涟漪，吹得她的脸痒痒的。

这一夜，柳儿和二狗都没有睡着。

天快亮的时候，柳儿突然想起了玉儿。她陡地坐起身来，朝小床上看。蒙眬中，被子紧紧裹着玉儿，一缕发丝从被子里露出来，玉儿睡得正甜。柳儿又钻进被窝，悄声对二狗说，你快出去，待会儿该让小狗发现了。二狗重重地亲了柳儿几下，坐起身来，迅速穿好了衣服。柳儿又说，你以后别再来了，我怕呢。二狗没有搭理，把手探进被子，在柳儿身上捏了两下，轻悄悄地出门去了。柳儿突然感到空荡荡的。柳儿想起了大狗。我对不起大狗，对不起大狗呢。柳儿想。

柳儿把双手从身上移开了。柳儿心里沉甸甸的。她躺在床上胡乱地想了好久，一点儿头绪也没有。不知道什么时候瓦缝里射进了亮光，柳儿赶紧穿衣起床，去做早饭。雪已经住了，地上却又厚了一层。柳儿没有知觉地忙碌着，将饭做好了。她打了一盆冷水洗脸。冰冷的水刺得她清醒了一些。洗完脸，柳儿走进房间喊玉儿起床。柳儿很仔细地为玉儿穿着衣服，把她打扮得整整齐齐。

下一个晚上，柳儿睡觉的时候，将房门闩死了。柳儿一个人躺在床上，好久没有睡着。半夜里，她听到轻微的脚步声从二狗的房间里向这边传过来。一会儿，脚步声停了，柳儿感觉到二狗在推门。门被闩死了。柳儿听到了轻轻的敲门声，忙将头埋进被子里。柳儿在被子里呼吸急促起来，脑子里现出二狗站在门外敲门的情景。柳儿忍不住又将头探出来。敲门声还在继续。柳儿心里好乱，她不知道该不该开门。柳儿急急忙忙地想大狗。我对不起大狗，对不起大狗呢。柳儿又想起了王婆。柳儿重新将头埋进被子里，不再理会二狗的敲门声。一夜迷迷糊糊地过去，第二天，柳儿寻了机会对二狗说，你不要再敲门了，对不起你哥呢。二狗脸红红的，不说话。

接下来几个晚上，二狗没有再敲门，柳儿渐渐地睡得安稳了。这一天晚上，柳儿切了很多萝卜，直到很晚才进房睡觉。二狗的呼吸声不均匀地传过来，柳儿躺在床上，心里好难受。柳儿身上冰冷冰冷。她起床去看玉儿，玉儿睡得正酣，小被窝里暖烘烘的。玉儿还小呢。柳儿想。柳儿又想起了姚氏。柳儿轻轻地将门栓抽开了。半夜里，二狗潜了进来。二狗没有注意到柳儿眼角的一滴泪珠。

隔一天早上，柳儿起床的时候，发现小狗已经在生火了。柳儿连忙抢着准备早饭。做饭是妇人家的事呢。柳儿有些自责。

过了年十五，天气转暖了，也渐渐到了忙的时候了。二狗忙着耕地，播种。大狗不在家，二狗和柳儿更加忙了。到了麦收季节，满地里全是金黄金黄的麦浪。一天，柳儿和二狗在棠上村牌坊群旁边的那块地里割麦。柳儿不经意地扫了一眼那座最大的牌坊，那上面的几个大字依然金光闪闪。柳儿忙低下了头，弯腰割麦。麦穗一把一把从镰刀下滑落，转眼就在地上铺了一大片。将近中午的时候，一块地就要割完了，柳儿站着喘气。红红的太阳晃着她的眼，柳儿突然感到一阵恶心，胃里有什么东西翻了上来。柳儿站在地沟里吐了。柳儿休息了一会儿，很快割完了麦子，和二狗一起挑着担子回家。

整个下午，柳儿都不舒服。她坐在门前，感到一阵阵头晕和恶心。兴许是上午累了。柳儿想。傍晚，柳儿在灶前烧饭，一股水汽从锅边冲上来，她又是一阵恶心。柳儿跑到门外，又呕吐了一阵子。柳儿感到嘴里淡得厉害。她从腌菜坛子里抓了些酸萝卜，大口大口地吃了起来。酸水从喉咙里滑过，柳儿心里清凉了许多。柳儿吃了半碗饭，很早就上床睡了。半夜里，二狗推门进来，钻进了柳儿的被窝。良久，待喘息声渐渐平歇下来，柳儿伏在二狗的身上，抚摸着二狗结实的胸脯，轻轻地说，二狗，你哥要回家了呢。二狗的大手在柳儿身上摩挲着，没有吱声。半晌，柳儿在黑暗中说，二狗，我怕是有了。二狗一惊，手停在了柳儿乌黑的头发上。柳儿离了二狗的身子，将他的手移到自己的肚子上。隔了好一会儿，柳儿说，妈跟贵生叔去了这么多年了，怎么连一个口信也不带给我们呢？二狗的心里咯噔一下，思绪转了老远老远，终于又回到这间漆黑的房间里。二狗沉默着没有说话。柳儿不再作声，背过身去，泪珠顺着她的脸颊滚落了下来。

这一夜，柳儿和二狗都心乱如麻。二狗直到天亮时才从柳儿的房里悄悄出来，回到自己的房间。小狗的鼾声早已停歇了。小狗早就起床去收拾麦场去了。

又过了一段日子，计算着，大狗该回来了。一天黄昏，柳儿正在生火做饭，大黑猫突然跑回屋里叫了起来。柳儿拿了些萝卜放在猫碗里，大黑猫嗅了嗅，又朝柳儿奔过来。柳儿没有在意大黑猫的喵喵声，继续做饭。一只乌鸦的叫声从瓦缝里穿进来，柳儿拿着柴禾的手不禁一颤。柳儿打着火石，一股黑烟很快从灶口钻了出来，火焰在灶膛里呼呼地升起来。柳儿专心注视着灶膛。突然，一片阴影遮住了屋里的亮光。柳儿抬起头，看见门口站着一个高大的汉子。柳儿的心颤抖了一下。柳儿站起来，像看一个陌生人似的久久地看着跨门而入的大狗。大狗的脸膛黑瘦了不少。良久，柳儿扑了过去。大狗伸出粗壮有力的臂膀抚住了她。柳儿的眼泪顷刻间一泻而出。

待锅里的水开了，柳儿泡了一杯茶，端给大狗。大狗一边喝茶一边用手抚着躺在地上的大黑猫。柳儿站在灶前做饭，对大狗说，都一年半了，你怎么就不回家？大狗抬起头说，那边活儿忙呢。州里的老爷不让歇，谁敢歇啊。这不才完工，我就忙着赶回来了，水生要明天才能回呢。柳儿在灶上切菜，她乌黑的头发随着切刀声轻轻地颤动。柳儿的一滴眼泪掉在了砧板上。大狗站起身走到柳儿身边，抚弄着她的头发，说，这一年多难为你了，屋里屋外的事，还有玉儿，都靠着你了。柳儿止了泪，说，小狗帮着我带玉儿呢，田地里的事有二狗忙着，我也不怎么累，就是心里闷。柳儿说着又哭了。昏黄的灯光照得柳儿更加可怜，大狗心里也酸起来。

二狗和小狗肩着柴从门外进来，大狗忙过去接下柴。二狗抬头看见大狗，惊愕了一下，脸上露出一丝笑容，说，哥，你回来了。大狗拉着小狗的手，上下看了半天，一边说道，这一年可苦了你们了。二狗低下头去。大狗又说，你们都长高了，长壮了。大狗对着二狗说，你长得比我还壮了。二狗的脸在昏暗的灯光下涨红起来。大狗拍着二狗的肩说，你们累了，快去擦把脸。

吃饭的时候，柳儿把玉儿从床上抱了过来。玉儿睡眼惺忪，还在揉着眼睛。柳儿指着大狗说，叫爸爸。

大狗伸出手来牵玉儿。玉儿吃惊地看着大狗，闭着嘴。柳儿又说，玉儿，叫啊，叫爸爸。玉儿看看二狗，又看看小狗。柳儿忙把她塞到大狗身边。大狗伸手抱起玉儿，一边从口袋里摸出了几块糖来，放在玉儿手上。玉儿嚼着糖，迟疑着叫了声爸爸，很快和大狗熟了。

第二天，村里人听说大狗回来了，都来串门。大狗很客气地让座，让茶。邻居王婆最后一个来了。她踮着小脚探头探脑地进了门。柳儿站在大狗的身后，心中忐忑不安。大狗给王婆让座，柳儿忙去泡了一杯茶。王婆站着，没有接柳儿递过来的茶杯。王婆说，大狗哇，你真能干，能吃苦呢。我们村里人哪有比得上你的小伙儿啊。大狗连忙堆着笑说，婆婆，你过奖了。王婆眼珠在屋内转了一圈，又说，大狗哇，你妈走了你就是一家之主啦，你也不能常年在外呀。家里要出了事，你大老远的，哪能知道呢。大狗连连点头称是，客气道，我这一年多在外面，家里多亏婆婆的照应了。王婆说，我年纪大了，照应不过来喽。大狗哇，有什么事照应不周，可不能怪你婆婆啊。大狗说，哪能呢哪能呢。王婆又看了一眼柳儿，踮着脚出门。大狗嘴里挽留着，把王婆送到了门外。

大狗转过身来，看见柳儿呆呆地站在屋里。柳儿的脸色红一块白一块。柳儿在这一天里茫然无措，失魂地做着家务。她给大黑猫喂了些食，站在灶边看着大黑猫进食。大黑猫旁若无人的吃相引起了柳儿的一阵伤心，人不如猫呢，人不如猫呢。柳儿想。晚上，柳儿匆匆收拾了，早早地睡了。大狗躺在一边，正说着话，柳儿忽然侧过身子，伏在床边呕吐起来。大狗关切地问，妹，你怎么啦？柳儿伏在床边，没有回答。柳儿的眼里蓄满了泪水。柳儿开始在黑暗里啜泣起来。大狗扳过柳儿的身子，说，你怎么啦？柳儿扑进大狗的怀里，哭泣不停，泪水一滴滴落在大狗的胸脯上。大狗温存地抚摸着柳儿浑圆的肩膀，说，别哭了，你到底怎么啦？柳儿的哭声突然大了起来，又很快地压抑住。柳儿伏在大狗的怀里，哽咽着说，大狗，我对不起你。我，我有了。大狗的心猛地抽紧了。接下来，柳儿断断续续地说着什么，大狗浑然没有听见，羞耻和愤怒使得他全身像要爆炸开来。你让我怎么做人哪，你让我怎么做人哪。大狗喃喃着，将厚实有力的巴掌对着柳儿的脸颊扇了过去。柳儿的嘴角流出了鲜血。柳儿没有伸手去抹，任它滴落在雪白的床单上。大狗又揪住了柳儿的头发。柳儿乌黑的头发在黑暗中一缕缕飘落在木床四周。睡在小床上的玉儿被突来的响声惊醒了。她看着眼前模糊不清的场面吓得大哭起来。大狗和柳儿都没有理会玉儿。柳儿坐在床角，忍受着大狗的撕扯。大狗的拳头接二连三地打在柳儿身上，柳儿本能地躲闪着。突然，大狗一拳打在了柳儿的肚子上。柳儿双手护着小腹倒在了床上。柳儿尖厉的叫声在房间里骤然响起，盖过了玉儿的哭声。

这时候房门被推开了。二狗走了进来。二狗一边走近木床，一边说，哥，柳儿没错，你要打就打我吧，打一个女人算什么。二狗说着已经走到了床前。这时小狗也走了进来。小狗看了一眼黑暗中模糊不清的房间，将哭泣着的玉儿抱了出去。玉儿在小狗的怀抱里渐渐停止了哭泣。二狗站在床前，突然看见柳儿倒在床上，双手捂着肚子，不停地抽搐。二狗扑到床上，扶起了柳儿。二狗摇着柳儿急促地问，姐，你怎么了？孩子，孩子没事吧？柳儿呼吸急促，说不出话来。

第二天早晨，柳儿躺在床上不能起来，腹部的疼痛使她的额上渗出了一层层汗珠。天亮时，小狗走进灶间，首先看见了吊在屋梁上的大狗。小狗慌慌忙忙地站到凳子上，拿刀砍断了绳索。小狗把大狗平放在地上，发现他已经没气了。小狗急急地走进了柳儿的房间，对二狗招了招手。二狗跟着小狗来到灶间，眼前的情景让他大吃一惊。二狗一时间头脑发涨，不知所措。他呆坐在板凳上，无声地流下了泪水。门外天色已经大亮，曦光射进来，照见了大狗冰冷的尸体。

柳儿在房里待了很久，不见二狗进来，空空的房间里静悄悄的。柳儿忽然想起了大狗，心里不安起来。

柳儿慌忙穿了衣服，忍着痛爬下床，蹒跚着走到了灶间门口。柳儿越过二狗的肩膀，看见了躺在地上的大狗。柳儿的心无底地坠了下去。她怔怔地望着大狗平静的面容，突然扑了上去。

黄昏时分，两个公差顺着黄泥大道走近了柳儿的家门。两副木枷锁住了二狗的脖子和双手。二狗随即被带走了。公差临走时对着周边围满的村民，一板一眼地念道：二狗图嫂杀兄，着即逮捕下狱；柳儿贞守不谨，行为失检，本当严惩，念其身怀有孕，暂免处分。二狗没有分辩。他只将目光在柳儿身上驻留片刻，便转过身去，在两个公差的押解下走上了黄泥大道。柳儿、小狗和玉儿，以及围满旷地的乡亲们，目送着二狗在夕光中踢踏而去。

秋后，二狗被刽子手在刑场砍了脑袋。小狗看着二狗的鲜血在刹那间冲上了半空。二狗的脑袋随后滚落在一片荒草地里。小狗把二狗的尸体运回村庄，在黄昏时候悄悄掩埋在石匠的坟侧。柳儿跪在草地上，看着并列的三个坟丘，眼中已经没有了泪水。她依次在三个坟丘前缓缓磕了头，然后拖着沉重的身子，一步一步下了山。柳儿在门口看到了蹲在地上的大黑猫。大黑猫对着柳儿，凄厉的叫声在黄昏暮色里飘浮不定。

5

柳儿过着无始无终的日子，艰难地熬过了这个秋天。她腹中的胎儿一天天长大。柳儿坐在凳子上，感到了胎儿一阵阵的蹬踏。小狗一个人在田地里忙碌着，将该收的庄稼收了。柳儿拖着日渐沉重的身体，在灶前灶后烧饭，房前房后收拾。淡淡的炊烟每天升起在屋子上空，使得天空更加阴郁。这期间，柳儿和小狗默默地张罗着，先为大狗烧了百日，又为二狗烧七。玉儿跟着柳儿跪倒在大狗和二狗的坟前，看着一点点飘散的纸钱，不时好奇地伸出手指划拉着。柳儿抚摸着玉儿淡黄色的头发想，玉儿还小呢。心里忽然沉重起来。入了冬，给二狗烧了五七，柳儿回到家里就病倒了。小狗烧了汤饭，让玉儿端到房里服侍柳儿吃下。

天气渐渐冷下来，计算着快过年了，小狗整天坐在屋里，不再出门。大黑猫总是围着他转来转去，叫个不住。玉儿抱着猫，让猫趴在腿上。大黑猫的鼾声很快就在屋子里轻轻响起来。玉儿也困了，头一点一点地就睡着了。小狗看着玉儿，心下说不出的伤感。

再隔一天就是大年除夕，过年的东西已经简简单单地准备好了。上午，小狗和玉儿正坐在灶间里烤火，突然听到柳儿凄厉的叫声。小狗和玉儿跑到柳儿房里，看见柳儿正在床上挣扎着，豆大的汗珠从她的额头上渗出来。小狗忙端了一碗水过来，让柳儿喝下。小狗又拿了毛巾，让柳儿捂着额头。柳儿的疼痛依然没有减轻，叫声越来越大。姐要生了呢。小狗心下突然慌乱起来，一时间手足无措。柳儿忍着痛断断续续地对小狗说，快，快去喊王，王婆来。我恐怕，要难，产呢。

小狗奔出去喊王婆，王婆正在对着镜子梳头。小狗说，婆婆，我姐要难产呢，请婆婆快去。王婆往花白的头发上涂着油，左左右右仔细地照着镜子，半晌才说道，你姐？你姐是谁？柳儿啊！小狗啊，我年纪大喽，动不得手啦。当年你和玉儿都是我接生的呢。现在老喽，头也昏，眼也花，哪行呢。你去找别人吧，啊？小狗急急地站着，听着王婆的话，插不上嘴。王婆还在慢慢地梳头。小狗说，婆婆，求你了，我姐怕不行了呢。柳儿凄厉的叫声从外面传了进来，小狗一阵心紧。王婆还在照着镜子，将刚插上去的一根发夹又从头上取下来，一缕缕地梳头。小狗一下给王婆跪了下来，咚咚地磕头。王婆眼也不瞧地说，小狗哇，我真不能动手呢，柳儿的胎不一般呢，我哪里敢动。

小狗没有听完王婆的话，站起来一脚跨出了门。他听着柳儿一阵阵传来的叫声，茫然无措。天空阴沉沉的，偶尔从小狗身旁经过的几个乡亲没有同他打招呼，几乎是躲闪着就走开了。小狗垂着头回到了家里。他站在柳儿的床边，看着柳儿痛苦不堪的样子，心乱如麻。柳儿的汗珠不断地滴落下来，弄湿了她的枕头和被子。柳儿从牙缝里迸出了几个字：王婆呢？王婆呢？王婆快来呀，我，我要死了。

柳儿的叫声持续了几个时辰。房间里除了小狗和玉儿，再没有别人。大黑猫偶尔从门外窜进来，对着柳儿喵喵地叫两声。黄昏时候，柳儿的叫声终于平歇下来。柳儿的床单和被子全被鲜血浸透了。小狗看见婴儿的一只脚伸出了母体。小狗刚刚缓过一口气来，突然发现柳儿已经昏倒在床侧，紧攥着的手渐渐地松开了。柳儿的脑袋向床外歪着，乌黑的头发掩住了她的半边脸颊。

小狗将柳儿的尸体埋在大狗的坟墓旁边。寒风中，素色的纸幡在坟头不住飘荡。小狗点燃了纸钱。纸钱一点点飘起来，终于升上浑浊的天空，不见了踪迹。小狗在坟前呆立了很久，和哭泣不停的玉儿依次在石匠、大狗、二狗和柳儿的坟前磕了头。然后，小狗领着玉儿在黄昏暮色之中走下了山。

这一天晚上，炊烟没有在小狗家上空升起来。小狗打点了包裹，在黑暗中领着玉儿离开了家门。这个夜晚漆黑无比，没有星星，也没有月亮，小狗和玉儿穿过棠上村阴森森的牌坊群，顺着黄泥大道无穷无尽地走了下去。

第二天，村庄里一大早就响起了接连不断的爆竹声，万家炊烟一齐升起来，笼罩了整个村庄。家家户户都在过年了。村里人没有看见小狗家的炊烟，也没有听到爆竹声。王婆踮着小脚从小狗家门前走过，她乜斜的目光看见了紧闭的屋门。大黑猫和一只大黄猫从门洞里钻了进去。王婆看清了那是她家新养的一只大雄猫。

过了年，村里人依然没有看到小狗出现，小狗的屋门依然紧锁着，只有两只猫不时从门洞里穿进穿出。村里人再也没有看到过小狗。他们忙忙碌碌地过着日子，很快将石匠一家淡忘了。石匠和他儿子大狗的精巧手艺，就在棠上地方彻底地湮没无踪了。

屠村

那头弯曲乌黑的角上爬满皱纹的苍老的黄牛闪动着浑浊的目光自始至终目睹了那场血流成河的屠村之役。当时，炮声隆隆，火光冲天，老牛站在村边的那片小山丘上细细嚼动荒芜的野草。它看着它的主人倒在了血泊之中。而后天色昏暗下来，四野静寂无声，它缓缓走下山丘，伫立在主人身边，看着最后一片夕阳悄然消退。

屠村

1

水生和他的老牛是在午夜时分回到屠村的。他和他的老牛经过半月奔波，终于在这天夜里踏上了那条静僻的小路，将喧嚣的人群远远地抛在了身后。当他和他的老牛在夕阳欲坠的时候走过那座古老的卢沟桥雄壮威武的石狮子身旁时，他明白他必须连夜赶路，以便在天亮之前回到他那间温暖的小屋中，回到他那铺热气熏人的土炕上去，回到他年轻漂亮的妻子身旁。

水生的归乡情绪是如此急切，以至于他没有注意到他的老牛在卢沟桥上面对夕阳，伫立片刻。他那时无疑将全部心神放在了几十里外家乡的那间小土屋里，放在了他可爱的妻子身上。因此他伴随着老牛的停顿松懈了脚步。随后，他和他的老牛又继续踏上了归乡的旅程。

水生在这半个夜里的旅程显然充满了乡下人难得的诗情画意。他每一次挪动的脚步都伴随着回家后与可爱的妻子无限温存的一遍遍构想而变得无比轻越。他几乎看见了在朦胧闪烁的油灯下他给他的妻子戴上那枚花了整整五块大洋的镀金戒指的情景。那枚闪光的戒指现在正被小心翼翼地贴胸放着，一条细而结实的麻线将戒指套起来，挂在他的脖子上。他的每一次呼吸都使发达的胸肌触动了那枚宝贵的戒指。水生显然无比珍重这枚戒指。他在时间飞速流动的幻觉中看见这枚戒指经过无数世代，由他的儿子、孙子们亲自套在一个个美丽少女纤嫩的手指上，成为他家的祖传珍奇，成为他家世世代代兴旺发达的象征。而他，水生，无疑是这一个庞大家族永远坚不可摧的传统的创立者和始祖啊。水生在这个夜里的笑容伴随着美丽的幻想绽放开来，无边无际，照亮了漆黑的夜空，使得他面前的道路无比宽阔而坦荡。

然而水生没有料到，他的幻想终归只是幻想。当夜色尚未消退，白天还远未降临的时候，他的那些串连成一片美丽风景的无边幻想就连同他的轻越脚步在沙土地里留下的微弱印痕一起轻轻消失了。他的狂热幻想和回到家里以后所看到的目不忍睹的现实之间形成的鲜明对比，决定了他其后的路途。也许他在最后的时刻躺倒在一片血洼之中的时候，依然无法想清楚，他的命运是如何被鬼使神差地安排好的。那时候他用尽他最后的力量将那枚曾经套在妻子的纤纤细指上的镀金戒指取出来，轻轻抛在了身边的血泊之中。他没有看见戒指溅在血洼里激起的血滴；而那头老牛，在黄昏时候看见了沾满血渍和污泥的镀金戒指。彼时戒指的光泽无疑已经丝毫没有，它只静静地落在血污里，最终被尘土深深地掩埋起来。

水生作为屠村一位朴质、愚钝的青年村民，在农闲时候带上他的老牛，奔走四方，贩卖零货，换取一点可怜的银钱——在这个夜里没能发现空气的异常。他沉浸在自己构筑的幻想之中，无法清楚地看到面前的诸种景况。那头他与之相依为命的无比熟悉的老牛傍晚时候在卢沟桥上的短暂停驻没有被当作一种预兆进入他的意识之中，而在那以后几个小时的旅途中老牛缓慢沉重的脚步也没有引起他丝毫的注意。恰恰相反，他把老牛踏在沙土地里的沉重脚步声当作了一种美妙的背景音乐，宛如小时候他在入睡时听到的母亲的催眠儿歌。

水生就这样走进了午夜静谧的村庄。他丝毫没有发现这个时隔半月的家乡深夜异样的宁静。事实上，当他在家的时候，从来没有在这么寒冷的深夜走出户外。那时候，他一定正在温暖的炕上妻子的怀抱里发出舒畅的鼾声。因此他没有注意到老牛愈加沉重的脚步，直接奔向了他的温暖的小土屋。那是一个没有星星也没有月亮的夜晚，所有一切都寂静无声，他和他的老牛一齐走近了灰白色墙壁的家门。水生举起的右手没有能在黑木门板上发出足以带给可爱的妻子无比惊喜的悦耳声响，敞开的屋门令他的心头掠过一丝惊异。这种惊异使他从几十里延绵不断的幻想中走出来，面对深夜里漆黑一团的现实。他松开了抓着缰绳的手，踏进了无比熟悉的屋子。

他的左脚踏在了一只破碎的瓦罐上面。瓦罐发出崩解的闷响。随即水生听到了一声野猫惊怖的叫声。这声惊叫让水生怀疑他是否错误地走进了一间不属于他的屋子。他迫不及待地点燃了放在灶头的油灯。油灯在一阵轻微的闪动之后向小屋里放出暗弱的昏浊光线。水生端起油灯照向那张温暖的土炕。温存的希望刹那间从他的心头掠过，使他感到一阵悸动；但是随即，他的眼瞳清楚地映照出了这间小屋深夜里凌乱不堪的景象。水生的所有幻想便在顷刻间崩塌。

水生怎么也难以相信出现在眼前的这幅可怕图景。他半个月以来与他的老牛远离家乡、走村串户的所有意义在此刻荡然无存了。他辛苦劳累、餐风宿露所赖以支撑的美妙幻想就像脚下的这只瓦罐一样破碎难全了。他完全忘记了尚在他胸口跳动的那枚他曾经寄予了无限厚望、寓意深刻的镀金戒指。他手中的油灯轻轻挣脱他粗壮有力的大手，滑落在了散发着潮气的黑泥巴地上。

水生随后在整个村庄看到了类似的情景。村民们没有哭泣，没有哀号。他们既不曾睡去，也没有燃起灯光。那些终年辛苦劳作的穷苦人们呆坐家中，默然无语。所有那些被抢走的粮食、牲口，间或还有些许的银钱，以及满屋破碎的锅碗瓢盆，让他们的心中升起了无限的惋惜和悲痛。而女人们，那些待嫁的少女和丰盈的少妇，正倚立墙角，在遭受强暴之后痛苦不堪，无所适从。

水生的年轻美丽的妻子无疑也遭受了与屠村其他

青年妇女们一样的厄运，而她的遭遇无疑更甚，以致水生在那片刻间将心中的幻想和手中的油灯一起击得粉碎。水生在点亮油灯之后看见了他的可爱的妻子裸露着雪白诱人的肌肤昏倒在温暖的土炕上。炕下的一两点火星轻轻眨动眼睛，给这个漆黑的小屋带来了瞬间的光明。

水生从屠村其他乡亲那里回到家中的时候没有注意到那头老牛。事实上，那头老牛卧倒屋侧，口里发出的鼾声成了屠村在这个夜晚唯一的安详。第二天早起的人们看见了这头老牛经过半月奔波之后安静休憩的情景。那时候，整个屠村正处在悲痛过后的无比愤怒之中。

2

水生就是在全屠村人逐渐膨胀的愤怒情绪之中一步步走向青龙山土匪巢穴的。这样一个阴郁难言的天气象征了此刻他内心的复杂情绪。微弱的太阳在云层里时隐时现，将水生伟壮的身影颀长而暗弱地投射在了无限延伸的沙土路上。水生强抑的激愤在孤独的征途中聚集在他偷偷携带的那把青光闪闪的柴刀的锋刃上，使得刃锋逼人地穿过水生黑色的棉袄，直接指向了青龙寨里正坐在头把交椅上踌躇满志的麻七的心窝。

水生无疑是代表了全屠村人和他们最基本的利益而踏上通往青龙寨的征途的。他不能无视屠村人殷殷的目光，无视那些茅草房子里呻吟的老妪和待哺的幼婴。尽管可爱的妻子赤身裸体、横遭蹂躏的情景自从那个午夜以来就一直深深地刻在了他滴血的心上，使他不能自已，但他在这个阴郁天气里的漫长旅程依然必须显得平静和气。他清楚地知道他必须和麻七面对面心平气和地谈论对于屠村人来说几乎致命的这次劫难。他不能丝毫露出愤怒不满的情绪。他只能以平静甚至乞求的口吻试图从麻七那里将屠村人生命的食粮谋取回来。因此他一路上回味着临行前在屠氏宗祠里面对先祖下跪祈愿的情景。他还必须在同凶神恶煞的麻七相向而坐的时候时刻记住这个情景。那无疑会使他冷静下来。事实上，当他进入青龙寨麻七的巢穴以后，正是这样恪守着庄严的准则直至大步走下青龙山的。

这样一个跪拜祈祷的仪式在屠村人眼里显然具有至高无上的约束力。对于水生这个安守本分的青年农民来说，同样如此。他的跪拜在庄严阴森的祠堂里缓慢地举行。他迎着先祖跪拜下去，然后他听到身后无数的屠村人，包括长须飘然的耄耋老者在内齐身下跪的叩地声响。那套没有人知道流传了多久的禀告先祖的稀奇古怪的祷词一时间在祠堂上空悠悠地飘荡起来，久久不散。那正是从水生受伤的心灵中，从无数个屠村人受伤的心灵中飘荡而出的誓愿啊。然后水生接过族中至尊双手呈递过来的一碗带血的高粱酒，一饮而尽。细心的人们和好奇的孩子从水生的脸上看到了高粱酒鲜红的颜色。水生站起身来，坚毅地迈出了祠堂。他在跨出高大的门槛的时候，明白他此刻已不再是他自己了，不再是他和他可爱的妻子的了，他从那一刻起属于了全屠村人，包括奄奄一息的老妪和嗷嗷待哺的婴儿。

水生就是这样踏上通往青龙山土匪巢穴的征程

的。但他在从祠堂出来以后没有直接走向青龙寨，而是避开众人，绕道又回到了家里，回到了他的小屋。他揣上了那把早已准备好的柴刀，然后他告别了他可爱的妻子，毅然跨出了屋门。他在门侧朝半卧的老牛看了一眼；然而这仅仅是一瞬间，随后他便迈开了大步。他没有看到老牛含蓄的目光，也没有听到老牛低沉的叫声。那正是他在耕地时和驮卖零货时无数次听闻的老牛熟悉的叫声啊。他没有留意他的老牛在此刻不同凡响的叫声，毅然地迈出了步伐。老牛在他的身后看到了他长长的移动的身影和他沉重的脚步在沙土路上留下的一串串印痕。然后老牛用它弯曲乌黑的长角在背上蹭了几蹭，重新卧倒下来。水生的妻子在目送丈夫的背影消失以后回过头来，听到了老牛反刍的细嚼声。

水生在青龙山的入口处被哨兵拦住。哨兵将乌洞洞的枪口对准了他的心脏。这使他更清楚地认识到，他在这种情况下的倏然而亡将比土匪在屠村发起一场抢劫轻松容易一百倍。他交出了藏在怀中的锋利柴刀，跟着哨兵走向土匪的心脏地带。他的双眼没有被蒙住。赤裸裸的荒山向他展示了一片贫瘠的面貌。水生不敢相信偶尔从茅草丛里惊飞而出的麻雀在他头顶上的盘旋——他在祠堂里跪拜时粘在头发上的一两粒泥土被麻雀误当作谷粒咽进了喉咙。他没有听到麻雀在吞咽时发出的哽声。这时候，头顶上的阳光已经彻底被乌云层层挡住，这预示了水生在青龙山上的遭遇的阴郁调性。

水生在一间宽敞的屋子里见到了土匪头目麻七。水生的这位童年伙伴脸上的七颗麻点排成北斗七星的形状，这时候是如此显眼地映照在水生的瞳仁之中，使得水生的思绪在片刻间离开青龙山，回到了无忧无虑的孩童时代。一对亲密无间的童年伙伴一同上山砍柴的图景使水生激动起来。他在此刻错误地预感到他将能够完成屠村人赋予他的重任，能够重新跪倒在先祖面前，光荣地饮下另一碗象征胜利的高粱酒。

然而水生的激动情绪在刹那间的流露毫无遗漏地进入了麻七的眼睑。他面对童年的伙伴，不动声色，喝令哨兵归还了水生锋利的柴刀。麻七在水生将柴刀插入腰间的时候轻蔑地看了一眼泛出青光的刀锋。这注定了水生的失败。

事实上，水生的失败从一开始就可以预见。然而以屠村人的质朴愚钝和对自身损失在心理上的无限夸大，他们又怎么能心甘情愿地放弃唯一的机会呢？作为被村人委派去同土匪谈判的麻七的童年伙伴，水生像屠村其他所有人一样没有想到，既然麻七宁愿破坏他与屠村人的友好感情，而下定决心在一个月黑风高之夜向他们实施抢劫，他就决不会退还这些战利品。否则他便在感情上和实物上一无所获。

事实正是这样。麻七否认了他曾经抢劫过屠村，他也不知道水生的媳妇被土匪轮奸直至昏迷的情况。这使水生大吃一惊，事情的发展显然出乎他的意料。他激动地看着麻七作毫不知情状的那种虚假神态。这时候他脸上的北斗七星闪烁着，充满了难以掩盖的得意之情。水生的心中升腾起了熊熊的怒火。他不能忍受麻七这种无耻的谎言。他的可爱的妻子被轮奸的场面又一次在他的想象中无限膨大起来。他腰间的柴刀跃跃欲动。然而同时，另一幅图画又立即跃然而出，将祠堂里的一幕展示在他的面前。还有上山时哨兵乌洞洞的枪口，此刻已化作几十双同样锋利的眼睛。只要他的手往柴刀上一碰，他就将立刻横尸当场，把他的二十余年的精血流淌在匪窝里。而他年轻美丽的妻子，就将变成一个无人照看的寡妇，任人欺侮。还有他的老牛呢，再也不能跟着他四处奔走了，再也不能同他一起共沐乡村和煦的夕阳了。

麻七的矢口否认使水生在几分钟之前还怀抱着的希望彻底落空。他此刻冷峻地注视着面前这个统率着几百人的土匪头目，明白他再也不是儿时相嬉的伙伴了。既然麻七在多年以前走上了一条与他——质朴忠厚、严守本分的水生完全不同的道路，就注定他们再也不能相交如初了。尽管多年以来麻七和他的队伍一直与屠村人保持着和平友好、绝不侵犯的关系，但这种关系终于在今天走到了尽头。从此以后，他们之间只能是兵戎相见了。后来的事实证明，确乎如此。水生把所有劝说的词汇通通抛在了脑后，而将那把闪闪发光的柴刀放在了心上。他无疑会在某一场战斗中用这把刀亲手杀死麻七，使他尝下那个夜晚他在屠村犯下的暴行无可后悔的果报。

水生独自一人离开了青龙山，返回屠村。他的难以遏止的怒火就在这归程之上再一次被点燃起来。他没有能感觉到一颗复仇的种子在夕阳的跟踪下渐渐长大，直到那场与土匪的大战发生为止。

水生离开青龙山的时候，麻七走下虎皮座椅，与他并肩迈出了青龙寨那座至高无上的殿堂。麻七的亲密神态没有使水生感动。他又一次想起他们小时候的故事，然而这些难忘的故事此时像白云一样轻轻地从水生心头飘散开去，露出了惨淡的夕阳。水生知道他在此以后应该做和将要做的事情。那些事情一条一条清清楚楚地呈现在他的脑海之中，而所有这些，都是在麻七的巢穴里萌生的。它将被用来对付麻七和他的匪徒们。

屠村

3

屠村人和麻七匪帮之间的战斗同时充满了壮烈和滑稽的气氛。屠村人拿起他们平时赖以生存的农具充当原始的武器，向麻七匪帮发动了震人心魄的进攻。战斗最后在青龙山下的一片沙丘地带拉开。屠村人争先恐后，奋勇杀敌。他们在当时的激愤情绪映红了冬日黄昏的半边天空。屠村人——包括水生——从那个深更半夜屠村之劫以来的所有耻辱和愤怒也在这场战斗中消失殆尽。他们眼看着麻七匪帮逃上青龙山，从而在心中露出了欣慰的笑意。

屠村人没有从这场战斗中夺回他们失去的生活资料。相反，他们的鲜血从枪口里汩汩而出，滴落在永不可凝聚的沙土地里。但是他们蓄积已久的怨气在这个冬日里的猛烈喷发惊飞了青龙山茅草丛里的野鸟，使它们遽然耸起，盘旋在这一片沙丘的上空，慌然无措地注视着这场在它们看来莫名其妙的战斗。它们中胆大的几只从空中回旋下来，小心地吸食滴落的暗褐色的血液。那些血液染污了它们尖白的嘴壳。当它们临水看视自己的身影的时候,无疑会看见暗红的嘴壳;而它们在清清的水中使劲摆动嘴壳激起一道道水纹的时候，那暗红的颜色已经永远无法洗去。

水生拖着滴血的胳膊目睹了麻七的队伍逃进青龙山的情景。当时屠村人和麻七匪帮在几个小时的恶战之后不约而同，各自朝着相反的方向散开来。水生站在中间那片染满鲜血的沙地上，一时间毫无反应。他没有看清究竟是谁首先将背脊露给了敌人，而后人们就如同听到严格的命令一样轻轻地分开了。屠村人和麻七的匪徒在经过对方面前的时候没有攻击对方也没有受到对方的攻击。他们就这样拖着自己的武器轻轻地分开了。水生站在中间，交替地看着两方人马逐渐远去的背影。他很仔细地看着每一个匪徒从山口上艰难地爬上去；那道本来长着稀疏荒草的山口因此变得无比滑溜。

当水生把目光从青龙山口收回来的时候，他看见了他的旁边站着土匪头子麻七。麻七提着手枪，疲惫的目光盯住屠村人散乱的背影。他脸上的七颗麻点毫不变形地排列着，秩序井然，发出暗红的光泽。他和水生相向而立，双眼对视。这时候依然盘旋在他们头顶上空的麻雀发现了他们彼此不再锋利的目光。他们没有扭斗，也没有说话。当静默的目光彼此散乱开来的时候，他们各自看了一眼已成暗红色的沙粒，背转身去，朝着相反的方向踢踏而去。那时候正是夕阳黄昏，渐渐黑沉的天幕将最后的一点余光同时照在这两个人的身上，照在两个曾是童年的伙伴，而今兵戎相见的成年人身上。

水生和麻七也许在此刻同时想起了他们的童年时代。他们在这场战斗的最后时刻无疑会清楚地看到，这里正是他们童年嬉戏的场所。彼时夕阳西下，他们肩着柴禾从青龙山上下来，站在这一片高低起伏的灰白的沙丘上歇息。乡下少年不多的几种简单游戏在这里成了水生和麻七共同的记忆。但是那些充满童趣的日子已经不可挽回地逝去了，就像在那个春末他们放飞的最后一只风筝随风飘逝一样。水生和麻七都会记得，在风筝飘逝的第二天，一场史无前例的大风从青龙山和屠村一带吹过，宣告了夏日的来临。当时，漫天黄沙迷住了他们的善睐明眸。他们就是在那一天分离开来，各自走上自己直至死亡的最后道路的。

后来麻七成了土匪头目，而水生则承接祖先的衣钵，做了屠村一名本分的农民。水生和麻七在生命的最后时刻也许都想到了，他们的命运或许就是从那个夏天开始被注定了的。但是显然，即使他们在那时候流下悔恨的泪水，也已经无济于事。他们不得不一齐躺倒在血泊的庄稼地里，不容选择地选择好他们最后的归宿。

麻七在那个月黑风高之夜对屠村的暴行最后断绝了他与水生、与整个屠村人的关系，即便在那以前他们并没有深情厚谊，但是起码他们相安无事，彼此相隔了一片沙丘的遥远距离。而那个夜晚的抢劫，尤其是对水生可爱的妻子的暴行，奠定了他们其后仇恨关系的基调。于是他们就不可避免地在这场战斗中充当了英雄的角色。

屠村人和麻七匪帮的战斗持续了几个小时，青龙山下的冬日中午在当时显得极为宁静，极为严肃。水生用冷峻的目光将一望无际的屠村人安排在这样一片沙丘地里，严阵以待麻七的到来。衣着各异的屠村人荷锄举刀，群集而至的情景，让水生想起他跟着父亲到地主的田庄里出工的旧事。那时候他仅仅十来岁，跟在父亲的身后朝地主的田庄行进。他当时也没有听到任何声音，但是压抑、沉重的气氛使他放轻了脚步，不敢稍纵声息。

水生首先看到了从青龙山山口上下来的第一个匪兵。他再一次用目光制止了屠村人惊怖的声息，静候着匪徒们走近。当一片黑压压的荷枪匪徒走进伏击圈以后，水生发出了出击的信号。于此同时惊飞的麻雀看见数不清的屠村人从隐蔽的沙丘和沟坎后面一跃而出，截住了行进的匪徒。

麻七的大意和水生的精心布置决定了这场战斗的胜负。当匪徒们吃惊地发现周围快速逼近的愤怒的屠村人的时候，他们想往后退以便与敌人拉开距离的企图已经无法实现。屠村人以惊人的速度围上前来，与他们浑成了一体。这使他们子弹的威力大大降低。

匪徒们的枪支就这样变成了棍棒，造成了这场战斗的持久和最后的不分胜负。屠村人用他们的雄壮力量与匪徒们展开了难解难分的赤身肉搏，直至黄昏时候双方都已筋疲力尽为止。

一只耳力超群的麻雀顺着子弹的呼啸声看到了水生右臂上汩汩流血的伤口。水生的长枪与他的第一滴血同时掉落在沙地里。他随即拾起了长枪，瞄准了刚刚搜索到的土匪头子麻七的心脏。但是他受伤的胳膊使子弹稍稍偏离了目标。他击中的麻七的胳膊上流血的伤口也同样被那只敏锐的麻雀看得清清楚楚。但是麻七的短枪没有从手中落下。他立即消失在混战的人群当中。直到战斗在黄昏时候结束，水生才再一次看到他。那时候，他们俩孤零零地置身一片沙地之中，同时想起了他们曾经无比亲密的童年时光。

屠村人和麻七匪帮之间的这场战斗就是在这样一个阳光耀眼的冬日里开始和结束的。所有在这场战斗中殒身的屠村利益的维护者和英雄，被安置在祠堂门前的空地上，无限荣光地去谒见他们的先祖。他们的名字随即被写入了历史悠久的族志之中。他们将作为屠村人的骄傲而受到生者的礼拜。当水生吊着包扎了的胳膊走进祠堂的时候，他的心头无疑放下了沉重的包袱。从那个目不忍睹的屠村之劫的夜晚以来一直牢牢地刻在他心头的那份难言的耻辱和愤怒，在这场战斗之后消弥殆尽。他再一次跪倒在祠堂里先祖们的脚下，将往事一笔勾去。

当水生在这个战斗后的夜晚站起身骄傲地走出祠堂的时候，他无法想到，他和全屠村人在这天上午规模宏大、气氛庄严的祈祷竟是他们在这个祠堂里的最后一次。其后不久，祠堂的形象就永远从他们的眼睛里消失了。

水生永远无法忘记这个冬日上午的那次祈祷。他毫无疑问在生命的最后时刻会回想起这庄严肃穆的一幕。然而谁又知道，那时候在他的心头涌起的是怎样一种莫名的情绪呢？

长须临胸、老态龙钟的屠村老人们清楚地记得，这个上午的祈祷是他们平生所经历过的屠村最庄严最宏大的仪式。这一仪式决定了屠村人在这个冬日为捍卫他们的切身利益而采取的集体行动以及行动的步调。水生的老牛在这天上午阳光明媚的山丘上看见了屠村万人空巷的情景。全部的屠村人，包括妇孺老幼一齐聚集在屠氏祠堂外面的广场上，三拜九叩，齐声祷告。祠堂屋顶瓦片上的白霜为之挥发尽净，露出了黑色的瓦垢。水生与九个年高德劭的屠村先辈跪在第一排，后面是一片黑压压的人群。他们的虔诚姿态被不谙世事的孩子和悠然吃草的老牛同时看见。所有人一扬脖子的时候，每个人手中的瓷碗就露出了雪白的碗底。屠村人就这样将视死如归的气概一饮而尽。他们随即走向战场，去坦然面对那场势不可免的血腥厮杀。

屠村人为这场厮杀作出了周密的计划和精心的准备。水生无疑就是这场战斗的主要策划者和指挥者。他作为一个忠厚质朴的农民在这场捍卫屠村人利益的战斗中所表现出来的勇气和睿智，本来会成为屠村人世代永传的记忆，只是一次偶然的毁灭性的打击，使这一辉煌的时刻连同屠村人的记忆一起，彻底地湮灭在那片庄稼地里。

水生和屠村其他几个精壮的汉子在天亮之前赶到了青龙山下，隐藏在沙丘后面。他们的计划就是从这时开始实施的。而麻七的匪徒们也正是从这时开始陷入屠村人、陷入水生精心编织的圈套之中的。

在这个冬日早晨一片温熙的阳光之中，守卫青龙山的麻七的哨兵看见了两个迤逦而来的屠村青年妇女，其中的一个便是水生漂亮可爱的妻子。她们在冬日早晨初照的阳光中弯下腰来采摘沙地里稀疏的野菜。她们秀颀的身影和丰腴的臀部投入了哨兵饥渴淫邪的眼睑。水生在沙丘后面看到了哨兵肩着长枪爬下山口的急不可奈的情状。两个哨兵的身影投射在沙地上，疾疾地向前挪动。匪徒们就这样一步步进入了水生布下的陷阱。两个哨兵看到了半躲半闪的慌乱的妇女。一阵疾风吹乱了她们的头发，露出泛红的脸颊和剧烈起伏的胸脯。两个哨兵毫不顾忌地将她们按倒在沙地里，妇女们的菜篮子倾倒在地上，几颗野菜落在光秃秃的沙地里，微微颤动。

水生和他的伙伴们看到了扔在地上的枪支。他们迅速滑动的身影立即掩盖了两个匪徒。

两个匪徒的尸体被倒放在青龙山的山口上。旁边的一张写着黑字的白纸向麻七展示了屠村人的复仇心情。当中午来换岗的匪徒们看见两具尸体和那张白纸的时候，麻七无疑又更深地陷入了屠村人的圈套。

麻七就是这样在恼羞成怒的情况下带领他的队伍走下青龙山他的老巢，从而进入屠村人蓄谋已久的蛛网之中的。他的队伍在到达屠村实施再一次的暴行之前，在青龙山下的沙丘地带遭到了屠村人的伏击。青龙山上惊飞的麻雀们自始至终目睹了这一场两败俱伤的厮杀。

屠村人的所有耻辱和愤怒在这场厮杀中如同烟云一般消散得无影无踪。烈士家庭的悲痛被屠村人整体的复仇快意所熔化。对屠村人而言，这场战斗不只是复仇，同时也奠定了他们安居乐业的基础。他们要使麻七看到的是屠村人复仇的勇气和力量。所以在这场战斗之后，整个屠村充满了轻松悠然的气氛。然而他们没有想到，更大的劫难正在他们的背后一步步地朝他们悄然袭来。随着那一时刻的逼近，屠村就将彻底地湮没了。而此刻他们却悄然不觉。

水生的老牛半卧在土屋一侧目睹了水生的归来。它看到水生右臂上渗过绷带的紫血的时候，发出了低沉的叫声。那正是几天之前水生带着柴刀独上青龙山的时候它所发出的那种叫声啊。但是水生毫无觉察。他将他在匪徒身上缴来的长枪藏进了温暖的土炕底下，然后和他可爱的妻子相视而笑。老牛穿过门缝看见了水生和他的妻子笑容里的适意。随后它垂下头颅，沉入梦中。

水生在藏起长枪的时候，没有想到他会在不久以后再一次端起它。他将在那场血流成河的屠村之役中用它，这支乌黑的长枪，射出无比愤怒的子弹。而这支长枪，也将永远地伴随着他了。

4

日本人稻田信泽的队伍是在一个初春的日子进驻屠村的。当时水生正驾驱着他的老牛在一片黑色的土壤里耕作。老牛突然停下步伐，抬起头来眺望远方。水生顺着老牛的方向看见了迎风招展的鲜艳旗帜，恰如在东方升起了另一轮耀眼的红日。他站在刚刚翻开来的黑土地里目睹了稻田信泽的队伍开进屠村的整个过程。在巨幅太阳旗下信马缓行的那个戴着墨色眼镜的小胡子军官和那个融融的春日一起走进了水生记忆的画廊。他在生命的最后时刻彻底明白了这一天的不同凡响。

稻田的威武雄壮、装备精良的队伍从水生的眼睛里一一扫过，并且钻进了他的记忆。他伫立着目送整个队伍从沙土路上踢踏而过。他的眼睛在一袋烟的工夫里充满了红黄两色，士兵们昂首挺胸、笔直行走的姿势引起了水生心中油然而生的对比意念。他无法将他在二十余年的人生里所见到过的屠村人的佝偻腰身或者麻七匪帮的溃乱零散同眼前的景象相提并论，他也无法将他藏在土炕底下的那柄长枪同这些士兵们肩背的乌黑发亮的崭新机枪同时展示在他的脑海之中。

水生的怔怔呆立没有引起这支队伍的头目稻田信泽的注意。他骑在高头大马上将俯视的目光轻轻扫过这一片黑色的土地和那上面麻木呆滞的人们，扬扬自得的神情从铿锵的马蹄声里激越而出，充斥了整个屠村上面的天空。稻田的目光在那个呆立茫视的青年农民和他神态散野的老牛身上一扫而过的时候，没有想到就是那个愚钝的青年农民，在不久以后的那场屠村之役里，将他的灵魂轻轻送回了他在大海彼岸的故乡。

这个威武雄壮的军官没有想到他会在这样一个愚昧的村庄里遭受哪怕是一丝一毫的挫折，因此他坐在他的高头大马上缓步而行，向屠村人尽情地展示了他和他头顶上的那面巨幅旗帜。

当水生凝视稻田的队伍缓缓开过之后回过头来，发现他的老牛半卧在地，双目微闭。老牛的轻微呼吸声在春日的暖意里充满了和谐与安宁。那时候，袅袅的炊烟正在屠村的上空飘荡。水生看见了他的小屋上环绕的白色炊烟，他可爱的妻子正在炊烟底下做出热气腾腾的饭菜。水生于是牵起了他的老牛，缓缓走在刚才稻田的队伍走过的沙土路上。水生低下头去的时候，发现他的脚踏入日本人留下的步痕里，形成了一截明显的空隙。

水生和他的老牛在村口看见了日本人在屠氏祠堂前面的广场上驻扎的情景。日本人以极快的速度搭起的巨大帐篷缭乱了水生的眼花。水生接着看见的日本人在帐篷前面生火做饭的熟练技巧使他自愧弗如，他惊叹的面容表明了他在此之前还从未见过男人做饭的事实。日本人燃起的炊烟很快地与屠村妇女燃起的炊烟融为了一体。水生的惊叹在日本人倾倒出的雪白的面粉和大米上面飘荡开来。他难以想象占满了整个广场的日本人一顿所需的食粮在整个屠村人可以支撑多少天。

水生接着看见了逐渐涌上前来的屠村人惊奇的目光。屠村人群集而至的围观使水生想起他在小时候看到过的耍猴人耍猴的场面。那无疑是激动屠村人千百年来禁锢在沙地里面封闭的心灵的好奇场面。水生和一群衣衫褴褛的少年，包括后来成为土匪头目的麻七在内的少年一样，双眼一眨不眨地注视着耍猴人和他的猴子的每一个动作细节。那就是使他们心跳加速的不可多得的乐趣啊，使得他们的乡下少年的想象力无限扩展，突破了有限的几种简单游戏的范围。水生在这时候想起了早已过去的旧事，心中升起了异样的感觉。他看到了童年一般的屠村少儿的好奇，也看到了长须临胸的屠村前辈的松弛的眉结。但是他没有发现他年轻漂亮的妻子在人群之中不自觉的惊惧和颤抖。

水生和许多的屠村人此刻站在广场前面，以旁观者的姿态欣赏着这一群装备整齐的队伍在他们看来不可想象的行动。他们都没有注意到他们的妻子或者女儿颤动的心灵。因此他们对即将降临的那场前无古人、后无来者的灾难毫无知觉。他们如同旁观者一样注视着这一群不速之客的古怪行为，心中充满了好奇。这种好奇的感受成了他们在午饭时候充满趣味的谈资。

事实上，在日本人开进屠村的当晚，屠村人给他们送去的食物表明了屠村人的友好姿态。起初，这些无偿的赠送是三三两两的，穿过村庄里弯弯曲曲的道路零星而至，不久之后就成了一种集体行动。毫无疑问，屠村人一直居住在这样一个偏僻的所在，拥有自己偏僻的心灵。他们既不知道这一群异国的士兵是怎样地开进了他们的国度、他们的村庄，甚至也从来没有被奴役、被欺凌的切身感受。他们立即向这一群异国士兵展现了他们质朴单纯的心灵。他们在其后很短的一段时间内与日本人友好共处，直至那个春日的细雨迷蒙的天气到来。

日本人稻田信泽的队伍进驻屠村给屠村人带来了安稳踏实的心理感受。那时候正是屠村人和麻七匪帮之间那场大战之后不久，屠村人时刻警惕着麻七匪帮随时都有可能降临的报复。而稻田的队伍，那群装备精良、威武雄壮的士兵的到来，消除了屠村人对麻七的防范和担心。毫无疑问，麻七决不敢在这样一支队伍面前展示他们参差不齐的行装和蹩脚的武器。屠村人在无偿地把从妇孺老幼口中节省下来的食粮赠送给这支令他们钦佩的队伍的同时，心中充满了良好的愿望。这些良好的愿望在那个细雨迷蒙的天气到来之前填塞了整个阳光明媚的屠村。

水生在日军进驻的那天晚上亲手将那只寄托了他

无限希望与幻想的镀金戒指套在了可爱的妻子左手的无名指上。当时，油灯放出朦胧美丽的光华，在水生和他妻子那张温暖的土炕上，水生捧起了他的妻子那只纤细白润的左手。许多日子以来一直悬挂在他颈脖上的那只戒指就金光闪烁地套在了妻子左手的无名指上。他的老牛在门外用无比敏锐的耳力听到了这一激动人心的场景。当时老牛卧倒在地，双目微闭，口中发出反刍的咀嚼声。

水生在那个贩运归途中的夜晚的无数美妙幻想就是在此时实现了第一步。他在这个夜里终于完全地摆脱了可怖的梦魇，摆脱了麻七的北斗七星。他在给可爱的妻子戴上戒指的时候又一次超越了时空，将他的神奇幻想清清楚楚地展现在心里。他丝毫没有想到，几乎是立刻，就将面临更为残酷可怕的现实。然而那时候，他也许就没有了丝毫的空隙去临空眺望逝去的时间，更没有一只衣袖拭去他无限伤心的泪水。

屠村人在那个细雨迷蒙的天气以前的日子里目睹

了稻田信泽的队伍严整威壮的操练。屠村村口的那一片旷地被一寸不留地踏过，松散的沙子坚实地连结在一起；沙地里稀疏的青草和野菜紧贴地面，遭到了无情的践踏。日本人稀奇古怪的叫喊声和子弹尖厉的呼啸声一时间回荡在屠村的上空，回荡在屠村人安宁的心中。

屠村人就在这样的气氛里种下了他们的庄稼。当那场迷蒙细雨在一个夜里降临屠村之后，水生的老牛站在村边山丘上，看到一望无际的黑土地里青绿遍布。那时候距离屠村人永久的灾难也就只有一步之遥了。

屠村人，包括水生在内，都没有意识到他们如今对待稻田信泽的态度与数年前他们对待麻七匪帮的态度是何其相似。所有的人都没有将他们前后两次的友好姿态做最简单的联想。他们当初与麻七匪帮友好相处、互不侵犯的故事无疑已经为他们之间那场拼死的搏杀彻底抹去。即使水生，那个仍然不时将童年记忆浮出心灵海面的匪首麻七的儿时伙伴，也没有从何其相似的两个现象中看出显而易见的凶兆。他像所有的屠村人一样，理所当然地把日本人隆隆的枪炮声视为了青龙山上麻七匪帮的精锐克星。

麻七和他的匪徒们在青龙山上听到了日本人的隆隆枪炮声。这些终日不断的枪炮声震撼了青龙山上悠游的野鸟，震撼了麻七的心灵。麻七坐在他的虎皮交椅里，面对日益消瘦的部下，面对即将告罄的粮食仓库，向驻扎在屠村广场上的日本人投去了遥遥的仇恨目光。他清楚地知道，他绝不能把生命作为赌注，去屠村获取食物。

事实上，麻七的队伍自从连续两个歉收的年份以来就已逐渐陷入了困难的境地。他的部下和他自己的消瘦就像日益荒芜的青龙山一样。所以他不惜破坏与屠村人持续的友好感情而在那个月黑风高之夜发动了对屠村的袭击。而现在，当他进一步的抢劫计划尚未形成的时候，日本人便从卢沟桥的石狮子身边旁若无人地驶过，开进了他的领地。麻七无法断定日本人将在这里停留多久。这种没有结局的等待使他脸上的北斗七星形状的黑色麻点像夜空一样闪闪发亮，使他最终决定对日本人发起拼命一搏的进攻。而屠村人的最后一次集体行动提前了他的计划。

麻七在日本人开进屠村的那个夜晚心神不宁，坐卧难安，甚至使青龙山上的茅草都一齐颤动起来。他清楚地知道，日本人的黑色枪口里已经流淌过无数中国人的鲜血。那些鲜血使他们的枪口绽出了惨红的颜色。这个春天里青龙山上遍野的红色花朵在麻七不安的心里变成了日本人直接指向他的心脏的无数枪口。麻七在那时候心潮起伏，黄瘦的脸颊上泛出了红色。

麻七就是在这样的情况下接受了政府军的招安的。他在一个春末的日子里穿上了国民革命军藏青色的军服，成为国军独立团的团长。他面对民国的缔造者和领袖的深邃目光庄严地举起了右手。他的一个敏锐的勤务兵在肃穆的气氛中看到了政府军特使嘴角流露出的一丝微笑。

这一天惊飞的麻雀看见了青龙山上升起的青天白日旗和迷乱它们双眼的无数面粉。它们叽叽喳喳的叫声使雪白的面粉飘扬起来，在青龙山上久久回荡。

麻七就这样接受了招安，使他的队伍成为威武的政府军，也使他最终在那场屠村之役中流尽他的最后一滴鲜血。而青龙山上的野鸟们，面对无限冷寂的那个夏日，上下翻飞，无所适从。它们在狂风暴雨之中占据了空空的虎皮大椅，成为青龙寨无可争议的主人。

5

春日里那个细雨迷蒙的天气揭开了日本人和屠村人直接对立的序幕。稻田信泽的官兵们在那一天中止了他们的操练。因此那一天的清晨在烟雾缭绕、曙色朦胧的气氛里显得格外宁静。水生的老牛在村边的山丘上看到了扎满帐篷而又空寂的广场。屠村人在打开屋门之后充满希望地将一夜之间拔地而起的碧绿的禾苗尽收眼底。那一天早晨屠村的炊烟与迷蒙雨雾不分彼此地混在一起。勤劳的屠村人在迷蒙细雨中走进了地头田间。稻田信泽在祠堂前面的广场上看到了遍地的屠村人弯腰施肥的情景。屠村人将气息浓郁的肥料连同他们无比喜悦和企盼的心情，一起撒进了黑色的庄稼地。他们的心中此时正浮出遍地的黄灿灿的果实。当水生的妻子站在门口想招呼他回家吃饭的时候，她脸上漾满的幸福微笑无疑将密密麻麻的施肥人的身影幻化成了秋天里随风摇曳的沉甸甸的庄稼。

屠村人在这个细雨迷蒙的春日清晨正是怀着这种美好的憧憬走向那一片黑色庄稼地的。他们那种庄稼人的简单朴素的愿望从庄稼地里升腾起来，从屠村人无数柱炊烟里升腾起来，充满了屠村人简单质朴的大脑所能想象到的空间。

屠村人没有想到最后的灾难正一步步向他们侵袭而来。水生的老牛在这天清晨的薄雾里看到了向农舍游移而去的三三两两的日本士兵。当时，离屠村祠堂日本人的驻扎地最近的村东头的两个农家少女正向熊熊燃烧的灶膛里添进一把干柴，满屋里飘满了玉米饭香喷喷的气味；这种香味从瓦缝里钻出了屋外。几个日本人推开了她们的屋门。两个十几岁的农家少女没有露出丝毫的惊异，准备用质朴然而甜美柔嫩的声音向他们发出友好的招呼，但是她们的语音永远地凝固在了喉咙里，使得她们雪白粉嫩的脖颈突然地涨红起来。她们手中端起的向日本人让坐的凳子在某一个瞬间如同木偶一样停在了空中。

这两个十几岁的农家少女做梦也不敢相信发生在这个细雨迷蒙的清晨她们的农舍灶间一角这一幕惊人的情景。她们片刻之前还为喷香的玉米饭气味充斥的屋子，一瞬之间被日本人身上那种狂野的、令人难以置信的气息所代替。当她们友好的声音还停留在雪白粉嫩的脖颈里，她们的脸上还洋溢着庄稼女儿纯朴的笑容的时候，她们便被按倒在了农舍的灶间一角，按倒在熊熊火光的映照之中。她们的身体倒在脆干的柴禾上，发出吱吱呀呀的声响。

这时候还在一片碧绿的地里施肥的屠村人，没有听到这两个少女凄厉的呼喊声。她们撕心裂肺的呼喊使灶膛里的火苗更加猛烈地燃烧起来，发出哔哔剥剥的爆裂声。在村边山丘上吃草的水生的老牛闻到了玉米饭的糊焦味。当日本人轮番的暴行进行的时候，锅里的玉米饭已经像灶下的柴禾一样升起了火苗，满屋里充满了黑色的烟雾。但是日本人在一阵阵咳嗽声中的施虐行为显得愈加剧烈，肆无忌惮。当这两位少女的父亲带着充满希望的兴奋心情从庄稼地里回到家中的时候，他看到了地上凝固的鲜血和已经粉身碎骨的灶间一角的柴禾。那是从青龙山上拾掇回来的烧饭的柴禾啊。苍老的父亲两眼无神，呆若木鸡。

心满意足的日本人提着沾血的裤子走出这间烟雾弥漫的农舍的时候，屠村的清晨依然飘着迷蒙细雨。他们毫不在意地丢下了两个裸露着下身的农家少女。她们的嗓子已经暗哑无力，几乎不能将她们流血的心灵吐露出来，而她们的双眼也已不能滴出痛苦无比的泪水。她们没有料到，在那个深夜遭到麻七匪帮的凌辱之后，会有更为凄惨的厄运再次降临到她们的头上。她们此刻的心中已不能涌起对麻七匪帮的些微记忆。毫无疑问，她们的所有记忆已经被这个清晨突如其来的厄运彻底抹去。灶膛里通红的火光清晰映照了她们的脸色由红变白的整个过程的全部细节。

在碧绿的庄稼地里辛勤忙碌了一个早晨的屠村人回到村中以后，看到了位于村东头距日本人营地不远的这间农舍里两具相对悬挂着的农家少女的尸体。她们长长的头发掩盖了那两张白惨惨的充满痛苦和耻辱的面孔。充斥满屋的玉米饭的焦糊味轻而易举地钻进了屠村人的鼻孔，使他们在这个春日里感到了阵阵寒意。站在房舍外的泥泞里的人们在地上清楚地印出了他们的脚趾纹印。两个年轻的少女衣着整齐，略肤无露，但是她们被撕裂的衣衫上的斑斑血痕向围观的无数双眼睛诉说了她们曾经遭受的残酷蹂躏。

苍老的父亲双眼无神，呆若木鸡。他甚至忘记了去解开缠在女儿们雪白粉嫩的脖颈上的无情绳索。他跪倒在地，双拳在地面上发出了连续不断的模糊撞击声。这种撞击声将围观的屠村人充满希望的喜悦心情扫进了地狱。他们和眼前这位苍老的父亲一样在此刻模糊了双眼。他们原始的愤怒就在这个细雨迷蒙的清晨，在两个可怜的少女尚自温润的尸体中无限地膨大，升上了屠村的天空。

但是他们的愤怒很快就为另一种更为可怕的恐怖的情绪所代替。他们眼睁睁地看着苍老而可怜的父亲跪着为他的两个女儿合上了双眼。他爬满皱纹的手在女儿细润的皮肤上艰难地蠕动，终于使那两双怨愤的眼睛离开了这一群可怜的人们，离开了这个使她们无比痛恨的世界。苍老父亲的两滴浑浊的老泪轻轻落在女儿的眼帘上，发出了闪闪的光彩。而后，人们看着苍老的父亲操起了他的锄头，那是他曾经用来种植、用来收获，曾经用来抗击麻七匪帮的布满斑斑点点血迹的锄头啊。他操起了他的锄头，踉踉跄跄地走出了他的小屋。数不清的目光跟随着他的脚步，指向了日本人的营地。所有的人们都忘记了去阻止这位可怜的父亲，听任他踉踉跄跄地走向了日本人的营地，走向了那一声枪响。

那一声枪响宣告了这个可怜的家庭突然的最后消亡。当时聚集在小屋前面的人们看到了可怜的父亲胸口上汩汩而出的鲜血。无尽的鲜血滴落在泥泞的地上，与污水混为一体。当时，可怜的父亲尚未完全举起的锄头和他的双臂一起，在那声凄厉的枪声里骤然停在了空中。然后他的身体缓缓地倒在了泥泞的地上。屠村人在遥遥的距离以外仿佛听到了可怜的父亲倒地时的沉重声音。他们转过身去，明白了眼前的这座小屋已经从屠村永远地消失了。

水生的老牛在那一声枪响中缓缓抬起它乌黑苍老的长角。它迷离的双眼在不停的咀嚼声中一开一合。它看到那个开枪的日本人吹一吹枪口上的黑烟，轻轻转身走进了帐篷。而后，那些围聚在农舍前的恐惧的屠村人迈着沉重的步伐，各自回到了他们的家中。他们脚后跟带起的污泥沾上了他们破烂不堪的裤腿。

屠村人艰难地度过了这一个细雨迷蒙的上午。他们的早餐进行得无比沉重和缓慢。水生在他的餐桌上呆望着可爱的妻子左手无名指上那枚闪闪发光的戒指，忘记了嚼动牙齿。他的黑色竹筷从手指上滑落下去，掉在了餐桌上。他在这时候想起了那个和煦的上午，他在庄稼地里和他的老牛一起目睹了日本人雄壮威武的进驻。那是一个永远难忘的不平凡的日子。水生在餐桌上将他的心灵图画定格在了那面巨幅旗帜和雄踞马头的戴眼镜的军官上面。水生隐隐的感觉无情地告诉了他，那将成为屠村人悲惨命运最后的开端。他和所有的屠村人一样，在细雨迷蒙的这一天之前没有想到，这一队装备严整、操练一丝不苟的正规军人给他们带来的灾难，将比麻七匪帮所给予他们的灾祸更为沉重、彻底。水生开阔的、充满浪漫色彩的幻想在这天早晨没有将地里碧绿的庄稼幻化成丰美的餐食，却变成了汩汩流淌的鲜血。事实上，不久之后的那一场悲壮残酷的屠村之役，正是在一望无际的碧绿的田地里展开的。当时，无数屠村人的鲜血淹没了庄稼地，使那上面残存的禾苗在血河的滋润下茁壮地成长了起来。那便是春夏之间水生的老牛眼中关于屠村的唯一风景。

水生的老牛在这个上午透过迷蒙雨雾看到了屠村千家万户紧闭的屋门。屠村人在清晨发生的惊人事件之后正是使用了这样一种不堪一击的原始屏障来阻止灾难的降临，掩盖他们瑟瑟发抖的不安心灵。

稻田信泽在他的帐篷内听到了清晨的那一声枪响。当时他正对着镜子修饰自己漂亮的小胡子。枪声没有使他手中灵巧的小剪刀停止运动。五分钟后，他放下了剪刀，对着镜子里自己的形象露出了满意的微笑。

稻田信泽显然把早晨的那声枪响视为了一般的演习。他显然对没有听到第二声枪响感到满意。他持续的操练计划终于使他的士兵们做到了百击百中，弹无虚发。稻田信泽在放下剪刀的时候明白，他与屠村人之间的公开对立就从这天清晨正式开始了。随后，整个屠村就将出现鸡飞狗跳、悲泣无歇的热闹景象。他的队伍终于要在持续的辛苦操练之后放纵声色，尽情享乐。他像剃掉脸上多余的胡须一样，带着嘲笑的神色在这个早晨将屠村人所给予他和他的队伍的满腔热情无情地抹去。

然而稻田信泽没有想到，他随即就将在那尚未消退的嘲笑神色中把自己的灵魂送上天国，而他的躯体和鲜血，则将永远地留在这一片异国的土地上。他更没有想到，促成这一切的，竟然就是眼前这些曾经友好待他，而又为他所愚弄的愚笨质朴的屠村人，还有举目可见的青龙山上那一杆青天白日旗帜下面的一群乌合之众。他对这些人不屑一顾，视若无物，因此他丝毫没有想到他将葬身在他们愤怒的目光之中。

当稻田信泽在其后不多的几天的中午挥舞着战刀站在村边的那个小山丘上时，他清楚地看见了屠村的全景。他用轻蔑而得意的神色将偌大的屠村划归在他趾高气扬的统治之下。他转过身去，看见了青龙山上飘扬的旗帜。他没有想到他在从容指挥那场血腥的屠村之役的时候，青龙山上的那面旗帜会突然地插入他的脊背。那时候他也许在心中升起了没有对麻七进行竭力笼络的无尽悔恨。然而随即喷涌而出的鲜血清楚地告诉他，悔恨为时已晚，他在那场屠村之役中不可避免地成为了他狂妄自大的牺牲品。

稻田信泽对麻七的有限笼络同时开始和结束于他进驻屠村的第二天。当时，他的特使趾高气扬地出现在麻七的寨堂之中，面对虎皮大椅上的麻七，不肯就坐。特使高扬脑袋站立在寨堂中央，向麻七简述了稻田信泽的意旨。

麻七坚毅的摇头使稻田的特使愤然转身，大步走下了青龙山。那一天注定了稻田信泽和麻七的对立，使麻七在其后不久的屠村之役中成为民族的英雄。他将因日本人占驻他的领地而引起的私恨融进了国仇之中，在那个春末夏初的日子里不遗余力地喷发出来，使得庄稼地里流淌的鲜血无比复杂起来。

稻田信泽面对麻七的拒绝毫不在意。他的军队随时可以将麻七，将青龙山夷为平地。因此他在这个细雨迷蒙的春日以后不多的几天中午站在屠村一侧的山丘上，将青龙山和屠村一视同仁。

屠村

6

稻田信泽是在春末的一个日子里下令拆除屠村那座至高无上的祠堂修筑战壕的。水生的老牛当时站在村边的山丘上听到了连续不断的爆炸声。它紧接着看到了那座古老的祠堂轰然倒塌的情景，屠村的先祖，包括那些在与麻七匪帮的战斗中英勇献身的英雄们，顷刻间被埋葬在一片废墟之中。沉积千百年的古老灰尘从废墟里腾跃而出，笼罩了屠村的天空。这些灰尘经久不散，蒙住了屠村人跳动的心灵。

稻田信泽亲自指挥了这一含义深刻的行动。他站在他的华丽帐篷门口看着巨大宗祠的倒塌，露出了笑容。他的队伍像面对严峻的敌人一样，以极快的速度拆除了这座宗祠，而他们的嘻哈笑脸却清楚地表明他们正在做一场大型的游戏。

所有的屠村人成了这场大型游戏的玩弄对象。他们在这一天的早饭时间听到了接连不断的爆炸声。片刻之后，水生的老牛站在村边山丘上看到了上千户屠村人的门口站满了露出难以置信神色的戚苦的庄稼人。他们的饭碗几乎同时掉落在地上，摔成了碎片。碗里的玉米一颗颗溅在地上，宛如屠村人无限悲痛的泪珠。那是一个无比阴郁的天气，屠村人最后的哭泣已经发不出丝毫声息。他们心目中至高无上的、永远的精神支柱化成了烟尘，蒙住了他们流血的心灵。

水生在他的餐桌前终于等来了他自那个细雨迷蒙的春日以来难以言说的预感。日本人终于肆无忌惮地走到了所有屠村人的对面，在他们的心灵上划进了最深刻的一刀。他和所有屠村人幸存的那一份自私的侥幸，终于在这个清晨完全地消亡了。他愤怒地注视着稻田信泽万恶的身躯，用心中的怒火将它熔成了烟尘。他转回身去，看了一眼可爱的妻子左手无名指上的那枚闪亮发光的戒指，然后从他的土炕底下取出了那杆长枪。他的目光擦亮了这杆老气横秋的长枪。他知道，他将用这把枪亲手杀死那个毁灭了屠村，毁灭了他的美妙幻想的仇人。他再次盯住了可爱的妻子左手无名指上的那枚给予了他无限幻想的镀金戒指，将他的所有幻想彻底地埋葬在了残酷的现实和冲天怒火下面。他随后悄悄出现在所有屠村人的家中。他向他们展示了自己冷静的面容。那时候，屠村人的庄稼正拔节而起，在一望无际的黑土地里疯长不住。但是所有屠村人的眼光再也没有在他们赖以生存的、昔日无限关注并倾尽全力的庄稼上停顿片刻。稻田信泽和他的官兵们都没有想到，屠村人的怒火此刻正疾速地聚集起来，立即就将在他们的营地里，在已经消逝的屠氏宗祠前面熊熊燃烧起来。

在这个阴郁无比的春末夏初，整个屠村唯一置身于那场巨大游戏之外的是水生的老牛。它在听到那些接连不断的爆炸声之后，就失去了水生的关注。它仍然在每天黄昏时刻回到水生的小屋一侧，闭眼安卧；在每天清晨缓缓走上村边的那座山丘，仔细搜寻每一口草料。它在咀嚼的间隙看到，两天之内，屠氏祠堂变成了一道坚固的工事。那些记不清年代的陈年砖石化成了古青色的屏障。那块无数屠村人曾在上面跪拜过先祖的黑色的巨石被炸成了碎片，那是屠村宗祠的奠基石是屠村人赖以向他们的先祖许下无数祈愿的奠基石啊，被日本人炸成了碎片，轻轻洒落在他们的脚下。

稻田信泽看着坚固的工事微微翘起了他漂亮的小胡子。他坚信他的队伍将可以在这里完成一次成功的战斗，给他戴上一枚光辉的勋章。他走进帐篷，将一张纸片塞进了火炉。那是他获得的一份关于中国军队将在最近对他发动攻击的情报。正是这份情报令他下定决心拆除屠氏宗祠，迅速构筑起一道坚固的工事。他将这份情报塞进了火炉。一燃即尽的火光照亮了他的自信，他没有注意到那张纸片在烧掉了一个角之后飘入了火炉一侧。

这张残存的纸片在即将来临的那场惊人的屠村之战结束以后，向水生的老牛昭示了这场战斗的奥妙所在。但是此刻，怒火中烧的屠村人没有想到，怨懑的麻七没有想到，充满自信的稻田信泽也没有想到，他们正是被这张布满陷阱的纸片导引着，一步一步走向了几天之后那场血流成河的屠村之役，走向了大灭亡的结局。

屠村

7

那场惊人的血流成河的屠村之役是从午夜开始的。屠村人把他们前所未有的勇气集聚在了无比的愤怒之中，以迅雷不及掩耳之势冲进了日本人的营地，冲进了他们的梦乡，从而开始了那场惊人的血流成河的屠村之役。

水生首先带领着一群年轻力壮的庄稼汉子轻轻掩入了黑漆漆的敌人营地。他们在日本人甜美的梦中取出了他们沉甸甸的武器，于是离屠氏祠堂最近的那两个帐篷里的日本人就首先流出了他们的鲜血。他们没有来得及坐起身来，就永远地沉入了一片光明的梦乡。在那个细雨迷蒙的早晨首先侮辱了屠村的那几个日本士兵，挂着梦中的笑容最先滑翔而去。他们那支曾经用来打死那个苍老而可怜的父亲的手枪此时反戈一击，把乌洞洞的枪口对准了他们自己的心脏。

稻田信泽在他的巨大帐篷里听到了第一声枪响。那一声短促的销魂的枪响与稻田帐篷内那座挂钟午夜时分拖沓的钟声形成了鲜明的对照。他坐起身来，用他时刻放在枕边的手枪打倒了随着门帘晃动而急速冲进来的他的卫兵。这个对战争充满自信的军官就这样在战斗一开始的时候无比慌乱地错误地杀死了自己的卫兵。紧接着进来的第二个卫兵向他报告了尚没有搞清对手的这场午夜之战的爆发。他在卫兵简短的报告完毕时穿好了军服。他随即下令进入他们刚刚建好的工事，但是这时候为时已晚。冲向工事的士兵们倒在了营地的前面，那正是那个细雨迷蒙的春日里苍老而可怜的父亲倒下的地方啊，稻田信泽的士兵们在半梦半醒之间接二连三地倒了下去。毫无疑问，屠村人已经抢先占领了那样一个有利地形，那是他们曾经跪拜先祖的圣地，而今他们在那里展开了一场血流成河的生死搏杀。

水生的老牛在村前的山丘上看到了冲天而起的火光。它迎着第一声枪响看到随之而起的无数火把投向了日本人的帐篷，然后它看见屠村人端着刚刚到手的武器掩入了曾经是屠氏祠堂的坚固工事和那后面一望无际的碧绿的庄稼地。紧接着，无数的子弹呼啸声就从村前广场上蔓延开来，传入了老牛的耳膜。水生的老牛半卧在一片松软的泥土上，静静地注视着这一场惊人的血流成河的屠村之战。

也许水生的老牛是最早一个预感到了这场难以避免的战斗。它在半夜里听到了开门的吱呀声，然后他看见水生背着那杆长枪走出了小屋。水生的可爱的妻子紧接着跨了出来。她的左手无名指上的镀金戒指在深夜里发出幽兰的光泽。她没有关上屋门，就这样跟着水生轻轻走进了夜幕。

水生和所有的屠村人一起在这个深夜里举行了他们最后的一次跪拜祈祷仪式。他们遥对西方，缓缓地跪了下去。那又是一个月黑风高的夜晚，屠村人最后的愿心祷誓同样激荡在每个人的心里。他们的嘴唇没有丝毫颤动；他们在喝下最后一碗带血的红色高粱酒的时候，喉咙也没有发出哪怕纤如游丝的声响。水生和几个长须临胸的屠村前辈位列第一排，紧随其后的是青壮的男子，然后是他们年老的父母，他们的妻子儿女。所有这些人一齐跪拜下去，双膝为深夜的寒气所沾湿。西方的天空中没有一颗星星，只有一片黑暗，屠村人无家可归的先祖就在那里接受他们的子孙最后的礼拜。水生和所有的屠村人一起，在此刻想起了他们的宗祠、他们的先祖，以及他们用来跪拜祖先的那块黑色的历史悠久的巨石。而今，他们都已经彻底地毁灭了。水生的心中充满了激愤，充满了绝望。

屠村人在这个深夜里的跪拜显得极为单纯，极为虔诚。此刻无比纯净的空气停止了流动。所有的人都没有注意到跟随而来的水生的老牛。老牛在所有人一齐跪拜下去的时候发出了低沉的异常声音，但是所有的屠村人都没有注意到老牛和它的呼声。他们在喝掉最后一碗高粱酒之后，拿起武器，走向了日本人的营地。

水生的老牛在屠村人留下的空地上，看到了一片雪白的瓷碗和弃置遍地的婴儿。婴儿们安静地躺倒在屠村人的土地上，阒然无声。那是屠村人的后代屠村人的希望屠村人的幻想啊，他们静静地躺倒在地上，在屠村人最后的跪拜之后被他们的母亲亲手扼死在自己温暖的怀里。那是屠村的年轻母亲们亲自生养的她们的亲身骨肉啊，他们的母亲在自己的怀里，在红红的小口仍然吮含着母亲的乳头的温暖的怀抱里，默默地扼死了他们，没有哭泣，也没有悲伤。然后，年轻的母亲将他们放在了屠村的土地上，转身拿起了武器。

水生的老牛在深夜的空地里用它温润的鼻息一一吻过这些已经死去的婴儿。它的双眼看见了婴儿们嘴角流淌出来的苍白的乳汁。

屠村人在这个春末的深夜里就这样义无反顾地走向了战场，走向了日本人的营地。那场惊人的血流成河的屠村之役就在这个平静的午夜时分悄然开始了。

深夜里的枪炮声连绵不断。屠村人在一开始就抢占了日本人接近半数的武器和有利地形，奠定了这场战斗的持久的基础。虽然作为质朴而愚蠢的农夫农妇，他们从来不曾熟谙兵器之道，但许多天以来持续目睹稻田信泽的部队反复的操练，让他们也学会了照葫芦画瓢。这令日本人尝到了苦头。稻田信泽在巨大的伤亡之后不得不减缓了抢占工事的节奏。战斗在持续几个小时之后逐渐平息了枪声。这时候日本人营地燃烧的大火已经熄灭，屠村的天空在天亮之前一片平寂。

天亮的时候，交战的双方彼此发现了遍野残尸。从这些尸体上喷涌而出的鲜血已经没出了地面，染红了他们的全身和横七竖八的枪支。屠村人躺倒在他们的宗祠和他们的庄稼地里，在呼啸的子弹飞射而来的时候，安静地合上了他们的双眼。他们将永远地和他们的先祖躺在一起了。而他们的庄稼地呢，他们曾经在那上面耕作、收获的赖以生存的庄稼地呢，现在成了他们永远的休憩之所。

稻田信泽看着广场上堆满的尸体，血红了双眼。他无论如何想不到这群愚钝已极、惯于忍辱退让的屠村人会在这样一个黑夜里发动胆大妄为的拼死进攻。他更想不到他的队伍就这样损失在一群庄稼人扶犁荷锄的手里。因此他在天亮之后向屠村人发动了更加猛烈疯狂的进攻。一时间，沉寂了片刻的枪炮声再一次轰然大作，硝烟弥漫了屠村的上空。

水生在这一场惊人的屠村之役里成为了指挥若定的将军。那个赤着双脚、高绾裤腿的农民形象已经一去不返。他在这一场战斗里面对无比强大而凶暴的敌人，面对汩汩而出的鲜血和倒在地上的同伴的尸体，毫不胆怯，站在用他的祖先的宗庙堆砌而成的战壕后面从容指挥着屠村人和日本人之间的战斗。他在战斗的空隙回想起他的二十余年的生涯。他本来是一个忠厚朴质的农民，在农闲时候带上他的老牛，走村串户，贩卖零货，把他的一个农民的幻想寄托在那只闪闪发光的镀金戒指上。而那个月黑风高的夜晚改变了他的命运，使他第一次作为屠村人的代表跪拜在他们的先祖面前。而后，他便又为屠村，为屠村的儿孙，为屠村的先祖，计划和指挥这一场即将导致他们彻底灭亡的无情战斗。

稻田信泽在天亮之后发起的猛烈进攻给屠村人带来了更大的伤亡。这天早晨升起的初夏的第一轮红日清楚地映照出了屠村人顽强的抵抗，以及他们从坚固的工事里缓缓向后撤退的情景。猛烈的炮火轰塌了日本人自己筑起的工事，将水生和屠村人裸露在日本人的枪口底下。

屠村人在他们往常的午饭时间彻底退出了他们的

祠堂，走进了一望无际的碧绿的庄稼地。他们的生命就在那时候开始进入了无比危险的境地。日本人呼啸不停的子弹使屠村人越来越多地倒在了他们的庄稼地里。

水生清清楚楚地看见了他可爱的妻子扑倒在地的情景。当时，一颗流弹倏然而至，从他可爱的妻子的脸颊上穿了进去。那是水生曾经无限温存地亲吻过的妻子细润的脸颊啊，那颗子弹穿射进去，使他的妻子躺倒在了碧绿的庄稼地里。鲜血立刻奔涌出来，染红了她的脸颊。她的手臂在空中摇晃了几下，便绝然地放倒在了她尚自起伏不停的胸脯上。水生通过一缕太阳光的反射看见了她左手无名指上的那枚戒指，那枚曾经寄予了水生无限希望和幻想的镀金戒指顷刻间就被鲜血无声地浸没了。

突然的悲痛使水生停住了后退的脚步。他举起了那杆从麻七匪徒手中缴获的长枪。他的枪口在搜寻正渐渐逼近的日本人的头目稻田信泽。然而同时，他看见了正从侧面斜插而出的麻七和他的队伍。

麻七在他的青龙寨里没有听到半夜鹊起的枪声。他是在天亮之后才听到屠村人和日本人已经交火的消息的。他在听到这个消息的时候，从那虎皮大椅里一跃而出，他脸上的北斗七星再一次闪出了红色的光泽。紧接着，青龙山上惊飞的野鸟看见了倾巢而出的麻七的队伍。他们在一片阳光之中走下了青龙山，直奔此刻硝烟弥漫的屠村。

麻七的队伍在正午之前赶到了屠村。当时正是屠村人难以抵敌、不断后退的危急时刻。麻七的队伍在这时候赶到了屠村。麻七在抬眼扫视屠村的时候，看到了大开的门户。昔日的炊烟被浓重的硝烟所代替，枪炮声代替了鸡鸣狗吠。麻七想起了冬日的那个月黑风高之夜。他在那个夜里抢劫了屠村。而现在，他再一次带领他的队伍降临屠村，并将在这里参与一场史无前例的血腥战斗。

麻七的到来使水生骤然一惊。他停止了搜寻稻田信泽的企图。他在一瞬间几乎将手中的长枪跌落在地。他跪倒在了她可爱的妻子身边，心中充满了无限的怅惘与遗恨。他不知道自己该怎样去面对可爱的妻子，面对所有在这场战斗中死去的屠村人，面对目光凛凛的先祖。他势将在这场战斗中以失败告终了，而他直到此刻仍未找到敌军的魁首。他跪倒在妻子的身边，心中充满了无限的怅惘与遗恨。

然而他随即听到的激烈枪声使他从妻子的身边抬起头来，重新握紧了自己的武器。出现在眼前的令他不敢相信的景象是：麻七和他的队伍向日本人射去了接连不断的子弹。水生亲眼看到了日本人纷纷倒地的快意场面。

屠村人和麻七匪帮就这样连成了一体。他们在随后的战斗里逐步推进，将日本人逼到了他们已经烧毁的营地附近。这期间屠村人和麻七的匪徒并肩作战。当他们倒下的时候，他们的尸体紧紧连结在一起，他们的鲜血汩汩而出，共同染红了屠村的地面。

对稻田信泽的最后追逐展开在那片一望无际的碧绿的庄稼地里。当时他的队伍已经被彻底消灭，他只身躲进了庄稼地。当初的那个春日上午，他正是从这里缓缓而过，进驻屠村的。那时候他充满了骄傲，充满了自信。他绝对没有料到会在这里遭到毁灭性的打击。因此他在庄稼地里的东藏西躲显得极为狼狈，极为沮丧。他的东山再起的念头也许正在这庄稼地里，在为鲜血所浸润的肥沃的庄稼地里萌生发芽。然而这只是一瞬间的幻想，就像水生当初在卢沟桥上萌生的幻想一样。

稻田信泽在偶一抬头的那时候看见了水生，那个赤脚绾腿、呆立地头的庄稼汉子正对准他的黑洞洞的枪口。他的死亡此刻就被彻底注定了。那时候正是夕阳黄昏，屠村人的最后一声枪响结束了稻田信泽的性命，抹去了日本人在屠村的最后一只践踏的脚印。

水生放下了那杆长枪。他跨过稻田信泽的尸体，在他妻子身边缓缓跪下，轻轻地取下了他的妻子左手无名指上的那枚镀金戒指。然后他转过头，用他沾血的双手握住了麻七——他的童年伙伴满是疤痕的手。他们的目光此刻交织在一起，充满了异样的神情。他们在此时都会记得，正是在十几年前的这一天，狂风乍起，黄沙迷蒙了他们的眼睛。而今，在各自走过了自己许多年不同的道路之后，他们再次走到了一起。毫无疑问，他们的身上此刻都沾上了对方的鲜血，就像他们在童年时彼此为对方包扎好在青龙山上砍柴划出的伤口而沾上的鲜血一样。

水生面对麻七想起了那个月黑风高之夜的屠村之劫和其后由他指挥的与麻七之间的战斗。然而他还未及细想这中间的恩恩怨怨和谁是谁非，他和麻七就几乎同时看见了整齐地排列在日本人营地废墟上的国军。麻七清楚地看见了站在队伍正中间的目光冷峻的国军特使。那正是给他带去国军独立团团长委任状的那个特使啊。他使麻七的队伍成为了政府的军队。此刻，麻七一眼看见了他。他站起身来，向特使挥动了双手。

在这场屠村之战中仅存的全部麻七的士兵和屠村人一起站了起来，站在了碧绿的庄稼地里，站在了麻七和水生的背后。然而他们的欢呼声还没有出口，就面临了难以置信的痛苦结局。他们还没有来得及看清国军士兵手中端起的机枪，就轻轻地倒在了庄稼地里。他们的鲜血和在刚刚结束的那场战斗里死去的日本人枪口下的人们的鲜血融为一体，浸润了一望无际的庄稼地。

水生和麻七同时倒在了碧绿的庄稼地里。他们不敢相信眼前的事实。水生看见了倒在旁边的麻七。麻七用他最后的力气侧过脸来，对着水生说出了几乎听不清的断断续续的半句话。他对水生承认了那个黑夜的屠村之劫正是他的所为。然后他的脑袋就突然地耷下了。他没有来得及等待水生的原谅就闭上了眼睛。他在闭上眼睛的时候看见了西边的天空中逐渐隐去的夕阳。

水生倒在地上，半撑着身子缓缓地扫视了一遍眼前一望无际的庄稼地。现在，所有的屠村人和麻七的所有士兵都倒在了这一片庄稼地里，他们已经将这里作为了他们最后的宿营地。在无数的尸体和鲜血的上面，碧绿的庄稼正茁壮地成长，它们在初夏傍晚的微风中轻轻摇动。

水生最后的眼光停留在他可爱的妻子的身上。他盯住妻子早已平歇了呼吸的面容，用最后的力气掏出了那只曾经套在妻子左手无名指上的，寄予了他的无尽幻想的镀金戒指，将它扔在了身边的血洼之中。他的脑袋随之跌落在血泊里，他没有看见那枚戒指溅在血洼里激起的浑浊的血滴。

水生的老牛闪动着浑浊的目光自始至终目睹了这场血流成河的屠村之役。当时炮声隆隆，火光冲天，老牛站在村边的那片小山丘上细细嚼动荒芜的野草。它看着它的主人倒在了血泊之中。而后天色昏暗下来，四野静寂无声，老牛缓缓走下了山丘。

老牛在已成尸堆的屠氏祠堂前面被国军的士兵拉住。它被带到了特使的面前。它看着特使在稻田信泽的火炉里取出了那张烧残的纸片。特使得意的笑容从纸片上荡漾开来，冲散了弥漫屠村上空的硝烟。

特使划着火柴，将残存的纸片彻底烧去。正是当初出自他的机敏的脑袋的这张纸片，令日本人稻田信泽错误地炸毁了屠氏宗祠，从而激起了眼前这场血流成河的屠村之役，现在又重新回到了他的手中。随着纸片化为灰烬飘散在空中，这场惊人的血流成河的屠村之役就立刻烟消云散了。特使慢慢褪下了他的白色手套，将一块匾额系在了水生的老牛乌黑弯曲的长角上。

而后，特使带着他的队伍在夕阳中疾速离去。他在离开百米之后偶一回头，依然看见了牛角上“抗日模范村”五个金光闪闪的大字。

老牛在破残的战壕的砖石上砸去了系在它长角上的光辉匾额，然后它走进了碧绿的庄稼地，伫立在主人身边。那是它曾经无数次和他在一起耕种土地、走村串户的它的主人啊。它伫立在他的身边，看着最后一片夕阳悄然消退。

水

天地间只剩下了混混沌沌的一团。芹子感到自己飘浮了起来，她的四肢都舒展开来，像阴郁的风中盛开的金黄金黄的油菜花一样舒展了开来。

水

渐黄昏的时候，屋顶上炒豆般的雨滴声终于听不见了，门外晃进亮光来。芹子抬头望望天，乌沉沉的云缓缓地东移去，在西边敞出一块紫的天空。神仙补住了天上的窟窿呢，芹子想。芹子放了手上的针线活儿，向对面正在编竹篮子的大龙说，我洗衣服去？大龙不停手上的活儿，将腿上搭着的一根长长的篾条带得哗哗响，抬头看一眼芹子，说，你去吧。芹子站起身，拎着早上就搓好的一竹篮衣服出了门。大龙歇了双手，看着芹子的背影消失在泥泞的场院外边。

芹子一出场院，双眼就被遍野的油菜花晃住了。金黄金黄的油菜花铺了一地，弯弯曲曲的小路在油菜花中间穿插着，通向村外的大河。大河离村庄有些远，曲了一个大弯儿将村庄半圈住；背后的大山将村庄的另一半也圈住。芹子苗条的身影在田野间向大河的方向飘动。芹子不敢抬头看天，生怕趔趄了滑倒。芹子的一双秀脚很快被污泥糊住了，只露出脚背上的一小块，像是黑地里的两朵桃花儿。稀泥从芹子的脚趾缝里冒上来，舒服极了。芹子一点儿不感到冷。漫野的油菜花的香气直往芹子的鼻孔里钻；蒙蒙的雾像是从油菜花蕊里沁出来的，笼住了芹子的身影。这雨怕对油菜没有害处吧？芹子有些担心。路边有两块油菜地是她家的，也生得旺。芹子不由得放慢了脚步。

芹子远远地听见河水冲击石岸的咆哮声。芹子抬起头，看见沿河一溜边儿生着的小竹林。芹子心中一颤，差点儿滑倒。狭长的竹林经了一个冬天的北风，一齐向南倾过去。新叶还没有长出来，去年的枯叶都蔫蔫的，向下耷拉着。芹子渐渐走近了，看见满地里铺着厚厚一层枯叶。竹枝上的枯叶经暴雨刷过，稀落了不少。透过竹林，能看见河对岸的油菜地和远处朦朦胧胧的山。芹子斜穿过竹林，往河边去。芹子踩在新落的枯叶上，脚板底搔得痒痒的。芹子一不小心，挎着篮子的肘碰上一杆竹子，雨滴纷纷落下来，钻进了她的颈脖，冰凉冰凉。芹子紧一下手臂，踏着石阶下河去。

河水比昨天涨了许多。远处一拨一拨的浪往上掀，昏沉沉地乱响。芹子朝斜对面拐弯的地方看，大水不停地冲撞着石岸，向上蹿起老高。河岸斑驳得像老人皲裂的脸。浪头到河中央却消了，缓缓地向下流去。石阶下是个深潭，如往日一般的平静，丝毫不理会那边巨浪击打的场面。芹子在近水面的石阶上蹲下来，戽水将石阶洗洗干净，把竹篮里的衣服一件件拿出来，堆在石阶上。潭里的水并不比昨天浑浊。芹子对着水里的影子理了理头发。芹子瘦削的脸浮在水面上，随水纹轻轻地摇漾。芹子握棒槌在手里，开始洗衣服。啪啪的声音很快打破了潭边的沉静。芹子很快洗好一件衣服，拧干了，丢进竹篮里，接着洗另一件。芹子想快些把衣服洗完，好回家做饭。大龙和三个孩子怕都饿了呢。

芹子嫁给大龙十年了。十年的日子雾一般伴着芹子的操劳忽忽而去。芹子记不清自己已经多少次蹲在这河边洗衣服了。开始时洗公公婆婆、大龙和自己的衣服，后来公婆都先后去了，三个孩子却又替上来。在芹子的记忆里，装衣服的竹篮换了一个又一个，却总是装得满满的。芹子把第二件衣服拧干了，扔进竹篮。竹篮晃了几下，立稳了。枯黄的篮底枕着石阶发出几声沉闷的擦响。这只竹篮又要换了呢。芹子有些伤感。芹子记不清这只竹篮装过多少衣服，在自己的臂弯里挎过多少次。芹子的心里响起大龙劈篾条打篮子的声音。等新竹篮打起来，这只旧的就又要扔进河里，随着水浪一漾一漾地缓缓沉进河底。芹子知道竹篮泡在水底里不会再烂。竹子不怕水呢。有好几次，芹子透过清清的河水看见几只她用过的旧竹篮静静地待在水底，一动也不动。芹子想，人要是也能像竹子一样沉在水里不坏不死就好了。

芹子抬起头朝河对岸看，满眼里都是金黄金黄的油菜花。再远处就是山。雾气罩着山，看不真切。芹子把眼投在靠南的一个大山峰上面。芹子看见山峰弯弯曲曲地插进云里，像随时都要折断。芹子的娘家就在那山峰下面的一个村子里。村子不大，陷在山洼洼里，在河这边一点儿也看不见。芹子出嫁前从未走出过那个村子，她一点儿也不知道村子外面是些什么。她跟着爹妈在山里过着平静的日子，学些家务和针线活儿，一晃眼就长成大姑娘了。有一天村里突然来了两个篾匠，家家做活儿。芹子当时不知道那是大龙和他爹。她记得自己看见过大龙劈竹子的情景。大龙把刀在小竹子尾巴上轻轻一划，放下刀，握着竹子分开的两叉，双手一扬，就听见噼噼啪啪一阵响，一杆竹子就被劈开了。芹子好佩服大龙的手艺，可她丝毫没想到别的什么。第二年，篾匠父子俩又进村来，芹子不知不觉就给嫁了，年轻的蔑匠成了自己的丈夫。

芹子出嫁的时候天气阴郁得厉害。头天晚上，妈咪在她房里坐了很久。油灯照得妈咪的脸昏昏沉沉。后来，妈咪吩咐了她许多话，她只使劲地点头。芹子记不得当时妈咪对她说了些什么。芹子只记得那天晚上阴风不断地吹进房里来，扇得灯苗直晃，在壁上映出横一道直一道的暗影儿。后来妈咪为她铺了床，让她早点儿休息，明天要走路呢。芹子默默地看着妈咪摇曳的身影往房外飘去。芹子像有什么话要对妈咪说，可是她不知道要怎么说。芹子小巧的嘴唇在昏黄的灯光下动了动，又闭上了。芹子心里闷闷的，漠然地看着妈咪出了房间，带上了沉沉的门。第二天一早，大龙就来了，带了好些东西来，足足装了几担竹箩，竹箩上都贴着大红喜字。吃过早饭，芹子就跟着大龙出了门，走出了村子。芹子走出村子的时候，看见妈咪遥遥地在她身后，两眼里昏昏的。芹子突然间直想哭。

芹子跟着大龙走了好远的路，才平生第一次看见那条大河。轰隆隆的巨响吓了芹子一跳。芹子抬眼看见河里坝口处翻涌着白哗哗的浪。芹子的头有些晕，就收了眼，紧跟着大龙的脚步。摆渡过了河，走进一个陌生的家，芹子于是就成了大龙家的人，成了大龙的媳妇儿。

来到大龙家的那个晚上，大龙直到很晚才打发了贺喜的客人，走进新房里来。芹子心里惆怅，像丢了什么东西，无边的想着爹妈，想着那个她生活了十几年的小山村。芹子不想说话，一个人坐在梳妆台前。芹子通过镜子看见大龙在房里站了好久，想走过来却又停住。大龙的手有些不自在，不知道放在哪里才好。芹子不想理他。大龙搔搔脑袋，搬了张凳子迟迟疑疑地坐下。镜子里，大红蜡烛熊熊地燃着，蜡烛油不时堆起来，顺着蜡烛滚到蜡台里去。一根蜡烛快点完了，大龙小心地将凳子移得靠芹子近了些。好久，大龙又移近了些。大龙伸手将芹子头上的红布缓缓地拉了下来，芹子在镜子里窥见了大龙半伸半缩的手。芹子想起了她家老鼠偷吃山芋的情景。芹子正暗暗地发笑，大龙粗壮的手轻轻地挨住了她的肩膀。芹子忽然心里有些酸，肩膀缩了一下。大龙赶紧收了手，不安地偷看芹子。芹子想起妈咪昨夜对她的嘱咐。眼前的这个男人是自己的丈夫呢。芹子侧脸对大龙笑了笑。大龙慌乱起来，也咧嘴傻笑。芹子终于靠在了大龙宽厚的胸怀里，芹子听见了大龙咚咚的心跳声。

就这样成了大龙的媳妇儿呢。芹子呆望着脚底下的潭水，眼里怔怔的。芹子忽然惊觉过来，忙抬起棒槌继续捶衣服。棒槌打在衣服上的声音沉闷而短促。天不知不觉又暗下来了许多，茫茫的河面失去了光泽。遥遥地，在山顶上，乌云渐渐地向这边漫过来，芹子加快了速度。又一件衣服很快洗好了，丢进竹篮里。芹子顺手拿了另一件衣服，在水里荡开来，折好，放在石阶上捶。这是大龙的衣服，上面打了好些补丁，变得格外厚沉。芹子举棒槌的手有些酸麻。大龙该做件新衣了呢。芹子望着衣服上的补丁，漫漫地想。不知道什么时候能给大龙再做件新衣服。日子过得艰难，不容易呢。芹子嫁过来头两年，日子还好过，后来添了三个孩子，公婆又都患病去了，生活就渐渐紧巴起来，有时候连饭都吃不饱。大龙的身体渐渐虚下来，芹子也瘦了。芹子盼望油菜快些长熟了收起来，好换些油。没油的菜吃得胃里酸，心里也发慌。穷人的日子难哪。芹子的心里好沉好沉。

芹子将大龙的厚衣服捶了揉，揉了捶，好不容易洗干净了，在水里使劲荡几下，提起来拧干。衣服太厚了，芹子几乎拧不动。芹子将衣服枕在石阶上，踮起脚尖，全身的力气都运在双手里，一下一下地拧衣服。芹子看见水线缓缓地顺石阶滑下去。芹子拧好了，站起来松驰一下身子。芹子的腰酸疼酸疼。芹子将手按在腰上，揉了几下。芹子看见河对岸一个放鸭人挥舞一根长竹竿，赶着一群鸭子朝河边来了。放鸭人将鸭们都赶进了水里。鸭们浮在河面上，拍打着翅膀洗着它们黑的、白的、灰的羽毛。鸭们将脖子伸得长长的。芹子仿佛听到了鸭们的叫声。放鸭人撇了竹竿，在一块石头上坐了，拿眼朝四下里看。芹子蹲下身，接着洗衣服。

芹子一边洗衣服，一边想起了洪生。洪生也是在一个阴沉沉的黄昏走到河对面的。洪生看见了蹲在河边洗衣服的芹子。洪生凫水来到了芹子身边。是我害了洪生呢，是我害了洪生呢。芹子脑子里乱起来，不断地现出那个黄昏河边上凄惨的情形。芹子的心抽搐得又紧又痛。

洪生跟芹子住在一个村子里。小时候上山打柴，洪生总是帮衬着芹子。柴拾好了，捆起来，洪生砍一根木棒，一头挑着自己的柴，一头挑着芹子的柴，缓缓地下山去。芹子好感激洪生。后来洪生出去了，到山外边见世面去了。洪生走的前一天晚上，偷偷地把芹子叫出来，在山里走了好久好久。夜色昏沉得发黑，芹子看不清洪生的脸。后来，洪生突然凑近来，抱住了芹子，要亲她的嘴。芹子怕极了，脸涨得火一样烧，拼命挣脱了，朝山下乱跑。芹子听见洪生的声音在后面追着她："你要等着我，等我回来——"芹子生怕有人看见，不停步地跑回了家。芹子到了房里，把门闩死了，站着直喘气，脑门子上全是汗，心咚咚地像是要跳出来。芹子这才发现自己的一只鞋子跑丢了。芹子不敢声张，第二天在房里待了一天，没有出门。芹子怕出门碰见洪生。后来洪生就走了，几年没有回来。芹子有时候一个人在山上打柴，无端地想起洪生。洪生不知道长得什么样儿了。芹子盼着洪生回来。可洪生老不回来。再后来，芹子就嫁了大龙。洪生还是没有回来。芹子不敢再想洪生，大龙是她的丈夫呢。有一次，芹子带着小二子回娘家，在村里碰到洪生。芹子不敢和洪生讲话，看了一眼就赶紧走开了。芹子听妈咪说，洪生还是一个人过，还没有娶媳妇儿。第二天，芹子就离开娘家回去了。芹子怕再见到洪生。我对不起洪生，我没有等他呢。芹子想。芹子又有些怨洪生，谁叫他老不回来呢。

嗖嗖一阵响动打断了芹子的思绪。一股冷风顺着河面飘过来，吹乱了芹子的头发。芹子的双脚贴着冰凉的石阶，冷冷的风从她的脚面拂过去。芹子抬眼看见河面吹起了一圈儿一圈儿的水纹。稀稀的小竹林顺河岸蜿蜒着，时不时有枯叶落下来，掉进了河里。有一两片枯叶漂到了芹子脚下。芹子对着枯叶发怔。芹子舀水将枯叶漾开去，继续洗衣服。天色更加暗了，云似乎要蒙住芹子的眼。洪生就是在这样的一个黄昏凫水到这岸边来的呢。洪生浑身湿漉漉地爬上岸，将芹子装衣服的竹蓝碰翻了。芹子看着洪生，不知所措。洪生似乎冻得厉害，浑身发抖，头上的水珠落下来，溅了芹子一身。洪生急急地抱着芹子走进了竹林。芹子没有挣扎。芹子脑子里空空荡荡的，像竹林里飘过的风。芹子任洪生抱着进了竹林。竹林里一片潮湿，湿漉漉的枯叶青苔一样松软。芹子任洪生怎么动着，丝毫没有反抗。芹子觉得身子好软好软，像是没有斤两。

是我害了洪生呢，是我害了洪生呢。芹子心中又一阵抽痛。芹子又想起了临出嫁的那个晚上。芹子好后悔没有对妈咪说出什么。芹子就那样成了大龙的媳妇儿，为他洗衣做饭，生儿育女。一辈子就要这样过去呢。芹子的脑子里现出了洪生的影子，现出了洪生水淋淋的面容和铺满枯叶的竹林。河水、金黄金黄的油菜花和雾蒙蒙的大山都一齐从她的眼前消失了。

突然轰隆隆一声巨响，河对岸拐弯处的石崖坍了，石头哗哗啦啦散裂开，直往河里滚下去。昏黄的巨浪一阵阵冲击着石岸，像是要翻天覆地。对岸的放鸭人匆匆忙忙站起身，挥动竹竿，将鸭们拦上岸去。鸭们一时间木了，呆头呆脑地看上游席卷而下的巨浪和斑驳坍塌的石崖。放鸭人吆喝着，将鸭都赶上了岸，走到高处去。放鸭人回头看见芹子还蹲在石阶上洗衣服，就止了步子，用双手圈住嘴，扯大了喉咙喊：

“喂，快走啊，涨水啦！上游的大水下来啦！”

芹子没有听见放鸭人的喊声。她静静地蹲在石阶上，捶洗着衣服。天色更阴沉了，远处的山只剩了几条蜿蜒的曲线。浑黄的河水咆哮着直冲过来，潭水整个儿地漾着，荡着，像要兜底翻转过来。一会儿，潭水散了，乱了，浑了。芹子的脸从潭水里消失了。四处的风急起来，吹得芹子的头发乱飘。身后的竹林也呜呜地响，像悲伤的哭泣声。芹子洗完了衣服，开始洗自己的一双鞋子。芹子的心又颤了一下。那个黄昏，洪生凫水过来的时候，从怀里拿出一只红色的绣花鞋。芹子一眼认出那是她几年前在山里跑丢的鞋子。洪生将鞋子拿出来，默默地递到芹子面前。鞋子已经湿了，泪一样滴着水。芹子听见了水滴溅在石阶上微弱、沉闷的响声。芹子没来得及将鞋子拿过来细看，就被洪生抱了起来，抱进了竹林。后来就被大龙发现了。

那天夜里，芹子直到很晚才睡去。她的眼里闪跳着黄昏的场面，心里复杂极了。大龙也一言不发，默默地坐着。三个孩子瑟缩着身子，站在屋子的一角，胆怯地看着冷清清的油灯，不敢出声。芹子站起来，服侍他们睡了，又呆呆地坐下。大龙走近来轻声劝芹子去睡。大龙没有对芹子发火。大龙铺好了床，叫芹子去睡。芹子心里好难受。芹子想让大龙打一顿，打死呢。芹子不作声地脱衣睡了。大龙吹灭了油灯，轻轻地躺在芹子身边。大龙在黑暗中叹了口气，对芹子说，孩子都这么大了呢。芹子将头蒙进被子，暗暗地流了一夜的泪。

大龙后来一直待芹子很好，再不提那个黄昏的事。芹子也待大龙更好，更小心仔细地照应家里的事和三个孩子。可是芹子心里好难受。没有人知道她的心呢。芹子就这样又过了几年。芹子不断地想到那个阴郁的黄昏发生的事，想到那个晚上的事，心里越发难受。有谁知道她的心里越来越沉呢？我对不起洪生，也对不起大龙呢。芹子总在心里独自念叨。

芹子洗好了一只鞋子。河水的咆哮声更大了，轰隆隆像要淹没整个世界。静静的水潭已经完全跟大河融在了一起，和浪尖上的水一样浑浊了。芹子正拿了另一只鞋子来洗，一个浪打过来，紧跟着水就涨了起来，淹住了芹子好看的双脚。芹子赶紧将竹篮移上一级，自己也蹲着身子往后上了一级石阶。

那个阴郁的黄昏，芹子正和洪生待在竹林里，大龙不知怎么就闯了进来。大龙跟在堂叔的身后。大龙和堂叔拿着刀来砍竹子。大龙突然发现了竹林里的洪生和芹子。大龙一刹那间呆住了。堂叔很快地扑上去，将洪生打倒了，洪生没有还手。堂叔厉声喝醒了呆立着的大龙。堂叔和大龙就用竹子将洪生捆了起来。劈开的竹子划得洪生全身都是血道道，血一滴一滴落在竹林里，沾在了青苔一样松软的枯叶上面。洪生刚要挣扎，竹子就将他的伤口勒翻了一块血淋淋的皮肉。芹子想扑过去，却被堂叔一脚踹倒在了地上。芹子倒在潮湿的地上，发出一声闷响。芹子看着洪生被堂叔拖到河边，扔在了石阶上。洪生顺着石阶滚下去，一直挨近了阴森森的水面。洪生的双手和双脚都被缚住了，一动不能动。

芹子不敢回想那个凄惨的场面。芹子赶紧抬眼朝远处看。对岸的油菜花已经蒙上了一层灰色的雾，耀眼的亮色消失得无影无踪。大河失去了最后一点平静，整个儿翻腾起来。芹子又朝上挪了一个石阶。浪头带着枯木和死兽打过来，将泛白的水沫沾在石阶上。那个黄昏也是这样。头天下了大雨，洪水下来，冲得洪生一阵阵颤抖。浑水和着白沫不断灌进洪生的嘴里去。一会儿洪水涨了，洪生挣扎着往岸上爬。洪生的手脚都捆死了。洪生用牙咬着石阶的沿儿艰难地往上挪动身子。芹子不敢看这惨景，可是被堂叔扭住了，偏不过头去。芹子想要闭上眼睛，堂叔立即就用手指抠住了她的眼窝。大龙埋头蹲在一边。大龙抬眼看见了洪生痛苦的挣扎。大龙几次要走上前去，看看堂叔，又止住了步子。芹子心都要碎了，真想立刻就投进河里死去。

芹子洗着最后一只鞋子，不断地往上挪。河水顷刻间就漫上来，只剩下最后两级石阶了。芹子洗好了鞋底，开始用刷子刷鞋帮。天色更加暗了，黄昏像要尽去。芹子又向上挪了一个石阶。芹子回头看了看，只剩最后一级石阶了。芹子的心里又一颤。洪生当时咬着石阶一级一级往上挪，石阶上沾满了他的鲜血。他的牙齿咬破了一颗，发出一声脆响。洪生的身体越勒越紧，全身都变成了紫色。洪生艰难地挪动身体，要爬上最后一级石阶。水将洪生的大半个身子都淹住了。洪生咬着石阶的牙咯咯作响。洪生几次都要爬上来了，又几次滑了下去。这时候一个巨浪打来，洪生的身体就无力地卷进了浪里面。芹子眼看着洪生的身体顺河漂去。大水很快将洪生吞没了，只剩下那只红色的绣花鞋，在河面上渐渐漂远去。芹子软绵绵地瘫倒在铺满枯叶的地上。芹子看见大龙揪着头发，眼神好复杂。

芹子这时候洗好了鞋子，丢进竹篮里去。芹子将棒槌和鞋刷洗一洗，放进竹篮。芹子拎了竹篮要站起身来回家。芹子要回家做饭呢。芹子还没有站起来，洪水就又涨高了。芹子一边抬脚要挪上最后一级石阶，一边偏了头看。芹子抬起了一只纤弱的、白白的脚。芹子看见了铺满枯叶的竹林。洪水从竹林里漫过来，枯叶漂浮了起来，整个竹林像都漂浮了起来。芹子仿佛进入了一片美妙的梦境。芹子的大脑忽然间变得异常的空明。她的眼神顺着泛滥的洪水，一直向下游漂去。天色更暗了，芹子什么也看不见。雾蒙蒙的山、金黄金黄的油菜花连同浑浊的洪水都不见了，竹林也不见了。芹子感到天地间只剩下了混混沌沌的一团。芹子的脚没有挪上台阶，芹子好看的脚被漫起来的洪水淹住了。接着，她的腿、她的身体都溶进水里去。芹子感到自己飘浮了起来。芹子的四肢都舒展开来，像阴郁的风中盛开的金黄金黄的油菜花一样舒展了开来。

打猎

一走出屋门，走进混混沌沌的夜地，明远的心就一下子沉重起来。明远知道，今晚无论如何得寻到一只野物。不然，不光是明天就得饿肚子，还有那个扯了七天的谎，就要被母亲看穿了。

打猎

远远地，天尽头微微的黑气开始朝下蔓延，黄昏悄然不觉地降临了。明远收了眼，一步一步地下山去。明远的步子有些虚，有些疲，被他踩在脚下的青草几乎都不叫唤一声。肩上那张乌黑的竹弓随着明远下山的步子一前一后晃荡着，腰间的箭袋也一直哐啷个不停。整个下午，又白白地耗在了山上，一只野物也没打着。明远觉着自己的身子和脑袋都飘着，不知不觉地飘下了山，飘上了山脚丫里弯弯曲曲的、白生生的路。

白白的，炊烟在黄昏暮色里升了起来，从半圆形的山坳里各个旮旯儿升了起来，聚集在山坳的上空，泥流一般缓缓地浮动。小小的山村里，散星般的农家都在忙碌着晚饭了。明远的眼里忽地像钻进了浓浓的、白白的炊烟，涨疼起来。明远迸了迸眼，远远地看到自己的家。明远的家在山村的最上边，和别的人家隔了好远一段。要不是那白生生的路，谁也不会知道这上边还住着人家。明远离自己的家渐渐地近了。他抬眼看见那两间小小的、单薄的茅屋；一杆烟囱孤零零地从屋顶探出头来，仿佛四下里窥着。明远的心里一阵愧疚，仿佛犯了大错，不自觉地放慢了步子，将一只黑瘦、粗糙的大手按在箭袋上，另一只手从肩上摘下了乌黑的竹弓。明远的步子又轻又慢，像是怕踩着了蚂蚁。明远游丝一般的步子渐渐接近了家门。

母亲在茅屋里听出了儿子走近家门的脚步声。盲眼的母亲趔趄然而熟练地走到门边，伸出手拉开了半扇闭着的柴扉。母亲半倚在门上，探出头迎接儿子的归来。母亲从儿子的脚步声里知道，今天又没有寻到野物。已经有七天没有寻到野物了。七天前，母亲就从儿子的脚步声里听出来了。可是儿子瞒着她呢。母亲眼里有些浑浊。

明远的脚步声渐近了，马上就要转过弯儿走到门前来了。母亲赶紧抬起皱巴巴的衣袖，在眼上抹一抹。母亲皱纹纵横交错的脸上做出一丝笑容。

明远看见了倚在门首的母亲和她微微的笑脸。母亲瘦小的身子在黄昏的风中微微颤抖。母亲弓一样曲着手臂，一边侧过身子，招呼儿子："远儿，回来啦？"

明远将竹弓和箭袋弄得哗哗响，应道："回来了，妈。外面冷呢，回屋去吧。"

"好，好，这就回屋。"母亲说着，碎挪着步子，脸依然向着儿子。

明远低头解腰上的箭袋。箭袋的绳结系死了，好一会儿解不开。明远一边解一边说："妈，下午又寻到一只羊子，明天送给周老爷。周老爷说了，明天要把前几天的羊钱都付给我们呢。妈，明天就有白米饭吃了。”母亲听着儿子的话，一个劲儿地点头，说，好，好。

明远解了箭袋，和竹弓都放在墙角，搀着母亲走进屋去。低矮的茅屋里已经漆黑。明远将一块羊皮裹着的什么东西往地上一撂，发出一声闷响。母亲在黑暗中对明远说：“远儿，羊子就放在这儿吗？收起来吧，当心夜里老鼠偷吃呢。”明远答应一声，又将地上黑乎乎的一团东西拾起来，走进里间。母亲听出了窸窸窣窣一阵响动。明远很快走出来，在灶头上摸着了火石，擦划着将一盏青油灯点燃。小小的茅屋里立刻贮满了暗淡的光。

明远在灶后坐下，开始生火做饭。脆干的柴枝很快在灶里爆裂着燃烧起来，火光映红了他清瘦清瘦的脸膛。明远生旺了火，站起身来，伸手在灶边的一只旧竹箩里摸索。摸了好一会儿，才将最后的几个红薯和萝卜一一取出来。这是最后的一点粮食了，都细得赛过明远的指头。明远的心里又一阵愧疚。今晚要再寻不着野物，明天就要挨饿了呢。明远有些庆幸母亲看不见。明远将红薯和萝卜洗了，待锅里的水烧开，就舀了一些在壶里，将红薯和萝卜放进锅底剩下的水里去，淹住了，撒几粒盐，盖了锅盖。锅里很快嗡嗡地响起来，白汽从锅沿边上冒出来，蒙住了油灯暗淡的青辉。明远在朦胧的水汽里将壶里刚盛的水倒一些在一只木碗里，取一粒盐放进去，用筷子搅拌了，端给母亲。

明远烧饭的时候，母亲坐在一边，仔细地听着早已听熟的儿子擦火石的声音。母亲仿佛看见了儿子的一举一动，一双盲眼随着儿子的身影移来移去。母亲的眼已盲了许多年了。许多年来，母亲就这样静静地听着儿子做饭的声音。母亲心里过意不去呢。儿子已经三十出头了，可还没说媳妇儿。儿子固执地要服侍母亲。母亲的眼在微弱的灯光下又浑浊起来。我拖累了远儿，我该早些死呢。母亲在心里痛苦地自责。母亲喝着儿子端来的热盐水，觉着心里好咸好咸。

锅里咕噜咕噜了一阵，开始发出嗞嗞嗞的声音。明远揭开锅，吹散了浓浓的蒸汽。明远在蒸汽里闻见了诱人的香味，红薯和萝卜已经煮熟了。水也干了，在锅底留下几道白的盐痕。明远拣了几个红薯，蘸尽了锅底的盐痕，盛在碗里，递给母亲。他给自己留了剩下的两根小萝卜。

“妈，你吃，趁热吃吧。”明远说。

母亲掂掂手里木碗的分量，伸手拿了两个红薯，站起身来递给儿子：“远儿，我吃不了这么多呢。”

明远赶紧从锅里拿出一根萝卜，在嘴里咬了一口，吭哧吭哧地嚼着，一边说：“妈，你吃吧，我这儿有呢。”稍顷，明远停了咀嚼，说：“明天，周老爷付了钱，就有白米饭吃了。”

母亲拿着红薯，手仍颤颤地抬着，明远只好接了一个，偷偷地放在一只空碗里，留给母亲明天早上吃。

明远一边吃着萝卜，一边扶着母亲坐下。青油灯的灯苗被墙缝里吹进来的风扇得一晃一晃，晃得母亲和明远的影子乱动。

明远慢慢地吃着萝卜。他看着母亲将碗里的红薯都吃完，又给她倒了半碗热水。

刷了碗，明远重新生着火，烧些热水，舀在一只豁口的旧木盆里。待母亲洗好了脸和脚，明远说："妈，你先睡吧。我趁今晚月亮好，再去寻一寻。"

母亲站着没有动。母亲知道，儿子是个好猎手，可是一定是近来山上的野物都跑光了。远儿已经七天七夜没有睡好觉了，都守在山上。母亲心疼远儿。里里外外都是远儿一个人呢，我成了废物了。母亲虽盲了眼，做饭洗衣还是行的，可明远不让，明远要让母亲歇着。为我受了一辈子苦，该歇歇让我来服侍啦。明远总是说。

明远又催母亲去睡。母亲仍没有动。母亲惴惴着，终于说："远儿，该寻一房媳妇儿了呢。"母亲接着就往屋里摸。明远走过去，搀着母亲进屋里去。总不能为我一把老骨头害你一辈子啊。母亲又说。明远没有吱声。这事母亲已提过很多次了，可明远从没应过。一来家里穷，哪里娶得起媳妇儿呢；再说，要是娶了个恶婆娘，母亲该怎么办呢？明远怕对不起母亲。母亲也知道儿子的苦，不敢轻易地提这事，怕引得儿子心里烦，可母亲总忍不住要提。

明远服侍母亲睡了，灭了油灯，往屋外夜地里走。明远听见母亲微弱的声音从屋里断断续续地飘过来："远儿，寻不着野物早些回来。夜里寒气大，当心冻坏身子呢。"明远回头应了一声，就走出茅屋，返身关紧了门。

一走出屋门，走进混混沌沌的夜地，明远的心就一下子沉重起来。明远知道，今晚无论如何得寻到一只野物。不然，不光是明天就得饿肚子，还有那个扯了七天的谎，就要被母亲看穿了。明远还不知道从第一天起，母亲就已经知道他在瞒她了。明远怕母亲着急，他不愿让母亲知道他寻不着野物。明远是一个好猎手呢。

月亮已清清朗朗地出现在东边的天空上了。月光静静地照彻着这一道深深的山谷。在山谷的两侧，是高高的、重重叠叠的山峰。山上一片一片地生着些小灌木。自从多年前那场无名大火以后，这里就再没有长起茂密的树林了。明远记得那场大火后，他和母亲在山上挖野菜的时候，看见了许多野兽的尸骸。从那以后，山上的野物就少了呢。

山是镇上周老爷的山，谷底里沿山一溜边儿狭长的麦地也是周老爷的麦地。明远沿下午那条白生生的路走着，两边地里乌青乌青的麦子不断地撞进他的眼里来。麦子生得旺呢。山烧了，麦子去了野兽的害，倒疯长起来。谷底里忽然刮来一阵冷风，麦苗便都波浪一般荡起来，唰唰地响。明远好羡慕周老爷，羡慕这一溜乌青乌青的麦地。可是明远家没有一块地。明远做梦都想有一天能拿起自己的镰刀，割着自己的麦子。然而明远连周老爷的麦子也割不上呢。这地方山多地少，用不着长工。到了收获的季节，去周老爷家乞求帮短工的人多得赛过麦子。明远有打猎的手艺，周老爷就不用他割麦。明远只好靠打猎为生。总算周老爷慈悲，准人在他的山上打猎。

明远很快走到了一个岔路口。他从这里拐弯，跨过一条弯弯的小溪，朝东边山上去。山有些陡，树木略生得比西边山上深密。月光还没有照到这边来，在夜里倒显得阴森。明远拘了步子，十分小心地走着。他将竹弓和箭袋在身上贴得牢牢的，不让它们发出一丝响声。一跨过那条浅浅的、窄窄的小溪，这个夜晚的狩猎就算是开始了。明远一边走，一边拿眼四下里搜寻，他的耳、鼻也小心而全神贯注地向夜地里敞开着。明远盼望着能看到地上、草丛里野兽的蛛丝马迹，或者听到野兽的呼吸声，嗅到野兽的腥臊气味。可是明远只听到风吹草丛的呜呜声。有时一根枯枝落进了草丛，极像羊子在钻爬，可明远却知道那是风在吹。

明远是个好猎手呢。明远干这一行已有十几年了。十几年前，当明远还是一个少年的时候，过早地衰老的母亲就将父亲留下的弓箭交给了他，把生活的担子交给了他。明远记得，母亲将弓箭交给他的时候，双眼就几乎全盲了。那是在一个寒冷的夜晚，母子俩好几天只有野菜填肚子了，母亲终于从床底下摸出了乌黑的弓和装满箭矢的箭袋。明远看见，那弓和箭上积满了灰尘。母亲用抹布细细地擦啊擦啊，将弓和箭全擦得油亮油亮。然后母亲颤抖着手把它们挎在了明远的肩上。母亲的眼在油灯昏黄的青辉中闪烁着泪光。命啊命啊，全都是命啊。母亲流着泪说。

那时候明远还不懂什么是命。明远从母亲手里接过弓箭，就开始了他的狩猎生涯。明远只两年就练就了百发百中的本领。村里人都说明远天分高，是父亲显灵传给他的呢。明远小时候从没有练过箭，他几乎不记得家里还有弓箭。当母亲从床底下摸出沾满了灰尘的弓箭时，明远才想起来，几岁的时候，他曾翻出过它们，可是立即被母亲发现了。母亲狠揍了他一顿。打那以后，他就再没有摸过弓箭了。兴许真是天分高，真是父亲显灵呢。村里人称赞明远时，明远想。明远有些得意。那几年里，明远很猎了些野物，大都是野羊。猎了羊，就高兴地给母亲看，卖了钱也交给母亲。那时母亲的眼已经彻底盲了。母亲哆嗦着手在光滑的，有时还沾着血的羊毛上来回摩挲，或捏着嚓嚓响的铜板，并不显得高兴，口里只是喃喃着，命啊命啊，全都是命啊。明远知道，母亲又想起了父亲，母亲心里难过呢。后来，明远就再也不让母亲触碰猎到的野物了。

月亮不知不觉已移到中天了。对面山上的一沟一坎，都清晰地现在明远的眼里。明远穿行在山腰处疏密不一的小树林里。他凭着老猎手的感觉在山里穿来穿去，手冻得铁冷铁冷。他早已取下了竹弓提在手里，一支箭搭在弦上。明远的脚沾了许多泥土，他穿着一双草鞋，十个脚趾和脚背都露在外边。初春的寒夜，凉气早已开始一点一点地下浸了。肚子也叫起来，早就耗得空了。明远望望中天的朗月，心下急起来。他想起了母亲。母亲恐怕还没睡着，还在为他担忧呢。明远急着要寻到一只野物。明远忍住了手脚的冷和肚里的饥，将耳目放得更尖。明远要赶快寻一只野物，好回家去。母亲睡不着觉呢。明远的脑门子上渗出了细细的汗珠。

明远走到了一片背风的凹地。月光照见了这一片瘦瘠的凹地上杂乱错综的野草。明远搁了弓箭，在一块石头上坐下，紧一紧草鞋的鞋带。石头上的凉气顷刻间从他的尾根儿直沁到心里。明远瞥眼看见了凹地上边陡峭地生着的阴森森的栗树丛。明远浑身陡地一激灵：父亲就是在这儿去的呢。明远没有见过父亲，明远是后来听母亲说的。母亲想到父亲的死就害怕，她不愿对明远说起父亲的死。明远稍懂事了，就向母亲追问。母亲终于告诉了他。父亲是个老猎手，靠打猎养活自己和妻子。父亲死的时候，母亲怀明远已经七个月了。父亲要多寻些野物卖了，好给快要出生的孩子做些衣裳。父亲那天晚上吃了晚饭就上了山。可是父亲一去就再没有回来。整个夜里，母亲都不曾合眼。母亲怀着明远，缩在床的一角。直到天明，远远地听见了村里的鸡鸣，母亲还未等到父亲。母亲匆匆地起了床，步履蹒跚地挪到了村上，央求村人去山上寻看。母亲心里乱极了，不祥的预感早聚在了她的心底。母亲坚持要往山上去，她几乎是爬着来到了山上。母亲在凹地里看见了父亲的竹弓和箭袋。箭矢从箭袋里散落出来，撒了一地。那时候山上还长着茂密的林子。密林将阳光从母亲身上遮去了。母亲在看到弓箭的那一刻几乎傻了。好久好久，村人才将父亲的残骸从各处找拢来。母亲抱着沾满紫血的尸骨，撕心般地哭出声来。母亲的眼泪洒在父亲的尸骨上，与那上面正在凝固的血混在了一起。

命啊命啊，全都是命啊。母亲说。母亲把弓箭交给明远的时候，明远看见母亲脸上滚动着泪珠。明远突然觉得母亲挎在自己肩上的弓箭好沉好沉。明远明白了母亲为什么要在他小时候玩弓箭的时候打他。全都是命啊，母亲对明远说，你不学打猎，我们娘儿俩都得饿死。母亲又说，父亲本打算让明远长大了上学堂念书的，像周老天爷父子那样中秀才、当大官呢。可哪知道呢？母亲抹了抹眼。明远听到母亲又叹道，前世造孽啊。

可明远不信命。明远勤勤恳恳地练箭，勤勤恳恳地打猎。明远要照顾母亲。小小的明远幻想着有一天能住上高楼大瓦房，买许多丫头服侍母亲。明远有时梦见和母亲住进了周老爷家的房子，高兴得笑醒过来。可明远一天天长大了，明白活着不容易呢。山早烧了，野物少了，辛辛苦苦打猎，也只够养活母亲和自己。到了年底，还要送一些大的、好的野物给周老爷。有时候，明远觉着人活得比野物还难。羊子还有草吃呢，还能偷吃麦子呢。明远要是几天寻不着野物，就得饿肚子了。明远总是千方百计地瞒着母亲，省下东西来给母亲吃，让自己饿着。

明远忽地觉醒过来，从凹地里站了起来。今夜一定要寻着一只野物。明远在心里叮嘱自己。明远正准备绕过凹地上面的陡崖，走进高处的栗树林里去，猛聚眼看见了对面山间的浓雾。白白的、厚厚的雾在山间盘绕着，像一条微微颤动着身体的巨蟒。厚厚的雾将刚才清晰可辨的景物遮住了，劈裂了浑然一体的群山。在天空中，月已移过了中天，淡蓝的天变了灰白，变得忽远忽近了。是野兽饮水的时候了。明远急忙紧一紧身子，向山下疾走。明远要赶在野兽去喝水之前藏在溪边。明远的步子很大，可是很轻。明远恐怕在下山的路上碰到野物。可是明远依然什么也没有听到、看到，也没有嗅到。是不是饿得眼力耳力都钝了呢？明远对自己怀疑起来。

明远忽然觉得有一丝奇异而熟悉的香气钻入了鼻孔。明远愈凝了神。在空空的、寂静的夜地之上，明远听到了一种纤细、微弱，然而清脆的声音。可是不是羊子喝水的声音。羊子喝水的时候是唧唧的、咝咝的声音，更不是别的野兽。野兽喝水的声音要粗得多了。明远又轻悄悄地移近了几步。是麦子生长的声音，是麦子呼吸的香气。明远有些庆幸，自己的耳鼻还是那么敏锐。明远又有些遗憾，他多希望自己听到的是羊子喝水的声音啊。明远持着弓走近了小溪。麦地就在小溪旁边，是周老爷家茁壮的麦地。明远心中升起一阵嫉妒。明远看见在麦地上，在麦苗的顶上，一层微白的气，麦苗呼吸的香气，在沉醉地荡漾着。

小溪已快断流了，仅在这一处由一股小小的泉水维持着。明远怕野兽嗅出了自己的气息，远远地绕开麦地，绕开泉水聚集的地方，越过小溪，在离泉水几丈远的地方蹲了下来，蹲在一丛茅草的后面。在这里，明远能清清楚楚地看到泉水、麦地和几处小径。明远没有感觉到地里的潮气已经笼上了他的身子。

一在这丛茅草后面蹲下来，明远就又恢复了信心。

十几年来，已经数不清有多少次了，明远就是在这丛茅草后面看着猎物进入他的伏击圈。明远时常看着羊子小心翼翼地、迟疑地从树棵儿里探出头来，左右觑一觑，然后蹑足下到麦地旁，将麦子青嫩的苗尖卷进嘴里去。不多时，羊子从麦地里回过身，走近泉水。羊子挪着脚站好，就低头饮水。当明远听到咝咝的喝水声时，就嗖地射出一支箭。明远从不用准备第二支箭。明远弹无虚发呢。除非有时一起来了两只羊子，明远就把第二支箭放好，先看准了羊子将向哪里跑，就射出第一支箭，紧接着就将第二支箭上了弦，不用瞄准，箭就钉住了刚从惊愕中回过神来窜逃的另一只羊子。射了箭，明远不慌不忙地站起身，去拾倒在泉水边的羊子。明远一般都将箭深深地射在羊子的脖颈里，从不射羊子的其他部位。可是也有失手的时候，或用力太小了，或稍偏了部位，羊子不会立即死去。这时候，明远就有些浮躁不安。可是明远不能射第二支箭，羊皮值钱呢，射两个窟窿就不值钱了。明远怕看羊子临死时的挣扎。羊子死命叫着，血一滴一滴溅在石上。羊子惨叫的声音回荡在空空的山谷里，无比的瘆人。这时候明远就很快地跑上去，将箭猛地一扎，一下扎死羊子。要是羊子带着箭往山上跑，明远就不去追。明远等羊子跑进了林子，看不见了，才起身顺着羊子的踪迹或气息去寻，准能找到血力已尽、倒毙在地的羊子。每逢这种时候，明远回家就睡不沉，耳边老响起羊子临死时的惨叫。羊子也是性命呢，明远想。明远可怜羊子。羊子也活得不容易，要找隐秘的地方藏身，要等夜深了才能下山寻水觅食。明远觉得羊子活得像自己和母亲一样，艰难极了。明远睡不着觉的时候，真想不打猎了。可是明远没有别的办法，母亲和自己都要生活呢。明远愈觉得手中的弓和箭老沉老沉。

母亲养活自己可真是不容易，明远想。明远将眼从月光下泛着亮纹的泉水上移开，移到乌青的麦地里去。明远好想有一块自己的麦地。可是明远没有。明远只有一小块菜地，在他的茅屋旁边。就连这一小块菜地，连茅屋的地基，也都是周老太爷的父亲恩赐的呢。明远听母亲说，祖父和祖母是从很远很远一个叫棠上的地方逃来的，没地方安家，恳求周家给了这块地。祖父原本是石匠，在棠上建了很多牌坊。逃到这大山里边，什么都是木头做的，祖父的手艺就用不上了。这些都是祖父临终前告诉父亲的。明远不知道牌坊是什么，可明远幻想有一天能回到那个叫棠上的老家去。

明远的眼在麦地上凝了很久。母亲曾告诉明远，他就是在这儿降生的。母亲说，父亲死后，母亲将他打猎积的一点钱都用来葬他了。母亲缝了一套衣裳，将父亲的尸骨裹在里边。活着穿了一辈子的麻布破衣，死了该享享福呢。母亲说。那时母亲已经快生了，村里人都送了些吃的穿的东西来。村里人也都不宽裕，拿不出更多东西。母亲没有办法，只好在夜里出来觅食。那一年，周老爷这块地里种着豌豆。母亲饿极了，就在夜里出来摘豌豆吃。母亲心里愧疚，觉着负了周家的恩。可是母亲怕饿坏了肚里的孩子。这是丈夫的独苗呢。有好多次，母亲在地里碰见觅食的野羊。精瘦精瘦的野羊撞在母亲眼里，使母亲觉得无比凄凉。起初，野羊见了母亲，惊恐地逃进山里，后来就和母亲一起在豌豆地里吃食了。那一天夜里，风呜呜地刮得山响，母亲拖着沉重的身子又来到这块地里。母亲很小心地摘着豌豆角。母亲怕把豌豆枝儿弄断了。豌豆角还没有长好，嫩得很，母亲连壳一起塞进嘴里吃。回家的时候，母亲踏滑了一脚，倒在溪边的石头上。母亲的肚子突然撕裂了一般疼起来。母亲一步也不能移动了，就在溪边生下了明远。

明远不敢想象母亲当时的苦。明远想，这一辈子都报不尽母亲的恩呢。明远不觉闭了眼。明远像石头一样黑乎乎地蹲在茅草丛后面，一动也不动。明远的心里空了一般。

明远的眼只闭了片刻，立即又睁开来，紧紧地盯着前方几丈远的地方。泉水上的光波消失了。明远侧了头仰视，西天的月已经下到了山顶；在东边，几颗微弱的星怯怯地忽隐忽现，离天亮已经不远了。野兽喝水的时间早已经过去了。明远急急地站起身来。他的腰腿酸疼，脚底麻得像在不断加厚。莫非这山上真的一只野物也没有了？明远心里说不出的焦躁，像窝了一股莫名的火，却又把捏不住。明远从没有像现在这样晦气。已经整整七天了，七天七夜，什么也没寻着。明远一时间泄气了，真想回家去沉沉地睡一觉。可是明远立刻想到了母亲，他仿佛看见瘦弱、可怜的母亲在床上辗转反侧，倾听着屋外的每一丝响动。明远忍住了呵欠，急急地上山去。明远要再转一圈，要把山都转遍。一定要寻到野物呢，一定要寻到野物呢。

明远很快地就又进到了疏密相间、驳杂不一的林子里。明远像羊子一样在林子里窜来窜去。他不知道自己是怎样在走着。开始的时候，他还竖着耳，贼着眼，脚步轻捷。到后来，母亲的影子不断地在他眼里拂来拂去，明远不知不觉加快了步子。明远一直爬到了山的最高峰。厉烈的风吹得他几乎站立不稳。明远失了冷静，将他的眼四处飘来飘去地乱扫。明远幻想一脚踏着一只冻死或饿死的野羊。可是明远终于什么也没有发现。明远的头脑涨起来，涨得大过了山，大过了天。月已完完全全地隐没了，东方天空上的几颗散星愈朗了。明远沿山岗乱窜了一会儿，又不知不觉地往山下走。忽然一片空地豁地铺在明远眼前。明远定了定神，发现又站在了勾去父亲性命的那块地上。明远心里像被什么重重地撞了一下。妈，可怜的妈。明远在心底痛苦地叫着。明远一下子跌在地上，像散了骨架。在昏暗中失去光彩的竹弓摇晃着倒在草丛里，十数支箭矢散落在了地上。

母亲不知怎样才将明远养大。明远记得母亲永远是一张愁苦的脸。母亲背着装在背篓里的明远，在周老爷家苦苦地哀求，周老爷终于答应让母亲在他家里帮佣。母亲那一双瘦弱的手喂不饱两张嘴呢。母亲忍着饥寒将明远一点点地养大。母亲总是叮嘱明远，长大了要报周老爷的恩啊。母亲终于将明远养大了。可是母亲自己却老了，母亲的眼渐渐看不见了。妈没让你过上好日子，妈对不起你呢。母亲的眼要盲的时候，总是对明远念叨。明远看着母亲痛苦的神情，急得不知所措。明远在心里对自己说，要报母亲的恩，一定要报啊。

明远在草丛里找到了他的弓箭。他呆呆地站在凹地里，两眼失神地虚望着空空的、静静的山谷。明远已经绝望了。他不知道自己将如何走下山去，如何面对仍未成眠的、盼着他回家的母亲。明远一刻间真想死去。他几乎承受不住心头的重压了。可是母亲怎么办呢？衰老的、可怜的母亲怎么办呢？明远散了神，毫无感觉地一步步下山去。竹弓反挎在他的肩上，箭头散乱地插在箭袋里。明远就这样茫然地朝山下走去，走向那条白生生的路，走向他和母亲栖身的单薄的小茅屋。明远没有听到野刺划在他破布衣服上嗞啦嗞啦的响声。明远走近了那块熟悉的麦地，走近了泉水的溪边。

突然，明远听见了嗞嗞的、唧唧的声音。明远立刻刹住了脚步。猎人的敏感立刻又回到了明远身上。明远听到了母羊和小羊喝水的声音，他迅速地取下了肩头的竹弓，反转来，搭上一支箭。可是已经来不及了。羊子已经听到了明远的响动。母羊只回过头来，用它充满惊怖的、萤火一般的眼瞥了一下明远，就立即返身疾冲而去。小羊虽迟疑了片刻，却也立即紧随着母羊奔向前去。明远锐利的眼扫过了小羊；明远从它浅嫩的毛发和跑动的姿势看出，这是一只刚出生不久的幼羊。明远的心颤了一下。明远的手一抖，一支箭已嗖地向着母羊疾射而去。可是这一次明远没能射中疾冲着的羊子。箭颤颤歪歪地插在了地上。这时两只羊子已从远处又奔过了小溪，向东边山林子里潜进去。明远也调了头，紧紧追着。

羊子的身体擦着树，嗞啦嗞啦地响。明远也拂过无数的树木，向山上飞奔。明远的脸被枝条抽得生疼生疼。可是明远一步也不放松。明远的心一下子松弛了许多，像是卸下了一副千斤重担。明远知道，在天亮之前，这两只羊子一定会稳稳地搭在他的肩上。明远顺着羊子的响声紧紧地追下去。明远这时候的心里空空荡荡的，什么也没有。明远不知道自己跑了多久，终于看见了小羊。小羊已经减缓了速度，它累得跑不动了。母羊却还在前面。明远看见母羊不时地放慢步子，回过头来等一会儿小羊。明远心里忽然有什么东西泛上来，堵住了一口气。明远感到自己的精气刹那间泄去了。他仿佛闻到了一腔血腥味，眼里幻出羊血来，幻出母亲在泉水边生下自己的时候流出的血来。明远有些急，一边跑一边拿右手猛捶脑袋，明远要从心里驱走这幻象。可这幻象影子似的，怎么也驱赶不开。

转眼间羊子又不见了身影。明远加快了步子，向上追赶。整个山里，只听见羊子和明远的脚步声、呼吸声和穿过荆棘树丛的嗞啦声。明远又看见了羊子。小羊已经完全无力了，不停地朝母羊叫唤着。母羊回过头来，焦急地召唤小羊。明远看见了母羊眼里焦虑、忧伤的神情。明远的心再一次颤抖起来。一瞬间，明远的心里闪过了无数画面。明远难受极了。

明远稍一纵神，羊子又不见了。母羊已带着小羊到了山顶。母羊绕一个弯儿，急急地抬起前爪，将小羊推进了一丛杂草中间。母羊最后看了一眼在草丛里挣扎的小羊。母羊的眼泛出慈爱而忧伤的光。母羊知道，今晚是逃不过明远的手了。它回过身，沿山岗疾冲。正赶上来的明远看见了冲过眼前的母羊。明远随着母羊直冲过去。明远看见母羊在一块岩石上踏过之后就失了踪影。明远也跟着母羊踏上岩石，直冲了过去。明远的脚在岩石上极短暂地一顿，就引着他的身体在母羊后面向万丈悬崖沉了下去。明远听见了身后小羊哀哀的叫声。明远一抬眼，看见在东方的天空中，一轮圆的、红的太阳已经从云围里露了出来。明远在半空中远远地扔掉了弓箭。在那一瞬间，明远想到了母亲。母亲该怎样活呢？明远哀哀地、痛彻地想。随后，明远就觉着自己失了重量，变得无比轻越，像清朗的、透明的月光一样，在天空中自由自在地、无边地浮游，永远没有尽头。

打劫

这地方名叫千秋关，是皖浙交界处的一个险要所在。相传洪秀全之子曾率太平军残部在这里据守了十余年。从外地移居到这里的后人在附近的一个山洞里发现了遍地白骨和早已生锈的大刀、长矛。他们将这些大刀在山石上磨亮，劈地而居，一度因战乱而灭绝的人类就又在这里繁衍开来。

打劫

稀薄的淡云漫漶一片，月亮在那上面轻轻滑动。月不很明，然而里面那个持着斧子的人还是依稀可辨。山岭上，风被高密的丛林挡住，发出低低的吼叫。一条公路从密林中穿过，曲曲折折地在高山峻岭中闪回不定。夜已深了，这条偏僻的公路上没有一辆汽车在行驶。透过密林，偶尔闪出远处村居里的一两点灯火。不知谁家的狗，间或警觉地低吠一声。

这地方名叫千秋关，是皖浙交界处的一个险要所在。相传洪秀全之子曾率太平军残部在这里据守了十余年。从外地移居到这里的后人在附近的一个山洞里发现了遍地白骨和早已生锈的大刀、长矛。他们将这些大刀在山石上磨亮，劈地而居，一度因战乱而灭绝的人类就又在这里繁衍开来。人多了，连接皖浙两省的公路也经过这里，千秋关口却依然险峻、阴森。关口处，山民们曾很多次目睹汽车从这里坠入万丈深崖，汽车在岩石上碰撞的回声经久不绝。

现在这里却一片沉寂，只有风声在低语。打劫者猫在公路旁的一棵大树后面，手里的斧子闪着寒光。在斜穿而入的微光里，打劫者的面目轮廓模糊不清，一块黑布蒙住了他的脸，只露出两只眼睛，紧紧盯着公路。

公路上，一个黑影在往岭上移动。黑影穿着棉袄，背着一只布袋，走在公路一侧。他几乎不抬头地疾走，嗒嗒的脚步声很快就到了坡顶。

咚的一声，打劫者跳到了来人的面前。

“钱！拿钱来！”打劫者说。声音被布蒙住，显得低沉而有些含混不清。

几乎是同时，黑影已退后一步，口袋从肩上滑下来。黑影用手提住，抬起眼看面前的打劫者。打劫者的斧子就在黑影的脑袋上方高悬着，长发遮住了打劫者的额头。

打劫者伸手抢夺黑影的口袋，黑影紧紧抓住袋口不放。斧子立刻砍向布袋，嘶啦一声响，布袋已经落在了打劫者身后的地下，从布袋里洒出来的一些麦粒落在两个人的脚上和地上。黑影的手里只剩下一点布头，紧紧攥着。

“那是我借来过年的口粮！”黑影叫道，身子往前扑来。可是打劫者的斧子又横过来，几乎划到了黑影的脸。

“钱！”打劫者说。

“没有钱，我没有钱。”黑影说，身子有些发抖。

打劫者将斧子移上一寸，贴肉一划，黑影的脸上立刻出现一道血痕。斧子微微晃着，仍在黑影脸上擦碰。黑血覆住了泛光的锋刃。

“钱！”打劫者又说。

黑影将手伸进棉袄里，摸索着，好半天没有掏出来。

“快点！”打劫者道。这一次，声音甚为尖厉，似乎是个后生，二十岁上下。

手掏出来了，是一只紧紧攥着的拳头。拳头慢慢松开，一张纸钞皱巴巴地躺在手心里。打劫者迅速伸手抓过纸钞，揣进怀里，然后撤了逼住黑影的斧子，弓腰提过地上的布袋，朝公路边的密林奔去。

黑影盯着打劫者。黑影的手贴住流血的脸颊，血正从他的指缝里渗出来。当打劫者就要隐身在林子里面时，黑影突然大骂一声：

“狗日的长毛！”

打劫者顿时立住，回过头，一甩长发，扬起斧子。斧子在月亮下闪出阴光。然后，打劫者就消失在深夜的丛林里。

“二狗，是豹村的二狗。”黑影自言自语着，声音突然大起来：“二狗！甩你娘的鬼杂毛！老子饶不了你！”

黑影站了好久，然后离开公路，顺一条狭窄的土路朝山窝里的村子走去。

附近村子里的狗又叫了起来。

中午时分，大头从东边进了村子。一根草绳拦腰扎住他脏得油亮的黑棉袄，袖子上的几个破洞里露出了一些棉絮，随风颤动。大头面无表情，迈着不快不慢的步子，朝村子里面走去。

村子在千秋关一侧的一道山坳里，一溜边儿散乱、零星地蹲着些房屋。房屋都不大，有的是土墙石板房顶，有的是木板墙茅草房顶。

家家炊烟都升了起来。屋外偶有荷柴人看到走过的大头，打一声招呼，略略客套一番。大头只摇一下脑袋，不说话，步子也不停，一直朝村西头走去。

冬天的太阳已经照近了头顶。

大头在一间孤零零的茅屋前停下了步子。

茅屋的墙壁是木板做的，木板上已经开始有腐烂的地方，湿且黑。大头在虚掩着的门前立了片刻，伸出手来，一推屋门。整个房子立刻轻轻地晃了一下，像要趴下去。

大头抬脚跨了进去。右脚抬起处，几根脚趾从裂了口的布鞋里露出来。

屋子里一片昏暗，大头回手将门开大了些。

屋子极小，一张小床贴里侧墙壁躺着。一个小石磨摆在屋子中央，磨子上堆着一些麦粒。磨子下面，一个破旧的簸箕里盛着一堆面粉和麦麸。屋子另一侧，是一个小小的灶台，锅里嗞嗞地喷着热气。二狗正一手提着锅盖，一手拿勺子从锅里舀着小麦糊。

大头走近二狗，朝锅里看了一眼，又把脸转向二狗。一条血痕斜在大头的脸上。

二狗放下锅盖和勺子，看着大头。

“千秋关又出了长毛，”大头凑近二狗，悄声说，“你知道吗？”

“这两天到处都传遍了，仙霞镇上也都知道了。”大头又说。

二狗不说话，两只眼睛盯着大头的脸。长发披下他的额头，将眼睛遮去了一半。大头也盯住二狗，两只小眼睛一眨也不眨，脸上的血痕处，翻出一丝丝的肉。

稍顷，大头转过脸，端起灶台上的瓷碗，喝了起来，呼哧呼哧的声音充满了小茅屋。一碗小麦糊很快喝完了，大头拿起勺子，将锅里剩下的小麦糊全都舀进碗里，顷刻间又喝得干干净净。瓷碗盖住了大头的脸，只剩下一对小眼珠，斜睨着看住二狗。大头闪着舌头将碗里残留的汤汁舔完，然后把碗轻轻放回灶台。

二狗依然站在那里。

大头走到灶台后面，在柴堆里扒拉了几下，拾出一把劈柴的斧子。

“你就是用这把斧子打劫我的。”大头用一根食指试着闪亮的斧刃，对二狗说。

“我没有吃的。”二狗沉默了一会儿，说。

“我有吃的！”大头猛地吼道，“我坐在家里天上就掉下饭来！”

“这袋麦子是我借回来过年的，我老婆在床上躺了半年。”斧子在大头手里挥舞起来，他脸上的伤口渗出紫色的血，慢慢流到嘴角，“好不容易我才借到五十块钱，是给我老婆看那半死不活的病的。”

“我没有吃的。”二狗说，“你把钱和麦子都拿走吧。”

二狗将磨子上下的麦子和面粉拢起来，装进袋子，又从怀里掏出钱来。

大头收了钱，顿一顿，道：“我脸上这一道伤怎么算？”

二狗一甩长发，立时将脸递过去：“你也给我来一道吧。”

大头盯住二狗看了许久，然后扔了斧子，拎起地上的布袋走出茅屋，硕大的头颅上茅草一样爬满乱糟糟的头发，黑的和白的。

斧子砍在地上，将黑土劈翻了一块。

太阳照在茅屋顶上，茅草上的白霜一片晶亮。白白的雾气一缕一缕，向天空上飘荡着，慢慢消失了。大头在门边站了好长时间，终于推开门，再次走进了二狗的家。

二狗躺在床上，双眼望着漆黑的、落满尘烟的屋顶。门开处，大头从光亮里走了进来。二狗转过脸，道：“都还给你了，还来干什么？”

大头拉了一张凳子，在床边坐下来，低声道：“我是来告诉你，你要小心一点。”

二狗面朝屋顶，没有搭理大头。大头接着说：“昨天仙霞镇上两个穿制服、挎短枪的人到我家里去了。”

大头住了口，站起身到水缸里舀了一瓢凉水，咕噜咕噜喝下去，用粗大的手掌抹一下嘴，又坐回去。二狗还是没有说话，只将眼睛从屋顶上收回来，四处扫动。

“他们听说我被长毛劫了，来问我是谁劫的。”大头又说。

“你说了吗？”二狗坐起身，盯住大头问。

大头一笑，脸上已经结疤的伤口颤了一下：“他们说，当长毛打劫是犯法的，要查清了抓进大牢里去。”

二狗道：“我都还给你了。”

大头道：“他们说，有一次就有两次，长毛还会打劫的。他们让我把打劫的长毛告诉他们。”

“我不是长毛，我没有吃的。”二狗睁大了双眼，“我不是长毛。”

“可是你劫了我，”大头不理会二狗，“你拿斧子砍了我。”

“你告诉他们了？”

“没有，要不他们早把你抓起来了。”大头道，“我说我老婆躺在床上快断气了，我要出去借钱给她治病。”

二狗的眼睛闪了一下，薄薄的破被子突然随着他的双腿高高地拱起来。

“他们说过两天再来，要我好好想一想。”大头说，眼光罩住二狗的脸。

二狗靠在板壁上的背动了一下，整个倾斜的板壁立刻发出吱吱的叫声。叫声停下来后，大头道：“我老婆真的要断气了，她躺在床上不住地咳嗽，把血都咳出来了。”

“你不要跟我说，我没有钱借给你。”二狗说，脸上没有一点血色。

“可是我没有地方借钱。”大头盯住二狗，“我知道就你有，就你有办法。”

“我没有，我真的没有钱，也没有办法。”二狗的脸上渐渐涌上紫气。

“你有，你有斧子。”大头道，“我不说，他们不会知道的。”

板壁又一阵响动，小床也一阵响动，二狗站到了地上。

“你在敲诈我！”二狗极快地说，脸朝着门口亮光的地方。

大头站起来，转向二狗。他的嘴角刚刚翕动，二狗已经一甩长发，说道：“明天晚上，你在家里等我。”

黄昏时候，天色更加阴沉，细雨已下了很久。除夕夜晚将至，远远近近传来了一阵一阵的鞭炮声。大头在将屋檐下码着的柴禾往屋里抱，柴禾已经被雨水淋湿了一些。屋里，一个女人的咳嗽声和呻吟声时轻时重地传出来。

二狗走近了大头的家门。

二狗的长发已经被雨水完全淋湿，一绺绺紧贴在他的头上、额上、眼睛上。眼光从头发缝隙里射出来，盯着正弯腰抱柴禾的大头。大头抱起柴禾，一转身看见了二狗。

“你来了。”大头说。

“我来了，”二狗迎着大头的眼说，“我带斧子来了。”

话未说完，二狗已从腰间抽出斧子，朝大头劈了过去。

一抱木柴从大头的臂弯里哗哗啦啦地落在了泥泞的地上。

第一斧子砍在大头的左臂上，第二斧子砍在大头的鼻子上，骨头立刻裂开来。

第三斧子砍进了大头的脖子。大头倒在地上，硕大的头颅几乎从脖子上脱落，歪向一边。

屋里咳嗽声不断，一个声音在咳嗽中传来：“大头，咳……你滑倒了吗？”

二狗朝大头的尸身看了一眼，走进了屋子。屋里点着一盏暗淡的青油灯，锅里“咕咕”地叫着，水汽晃得油灯忽明忽暗。一个女人躺在屋角的床上。

二狗提着滴血的斧子走到了床前。

女人头发稀松、干枯而又凌乱，一脸的瘦骨，眼窝深陷，眼袋耷拉着，一双眼睛停在二狗身上便不再动了。她忽然挣扎着往床下探，一阵咳嗽，身子又跌落在床上。

“你杀了大头！咳……你杀了大头！”女人叫道，“天哪！你……咳……你连我也杀了吧。”

二狗看着女人，缓缓地说道：“他不该敲诈我。”

然后二狗扔了斧子，在衣服上擦擦手上的血，返身走出了屋子。

风呜呜地刮着，远处鞭炮声还在传来，雨也还在下着，天已经完全黑了。

后记

这本集子编好后，为了写个后记，我在电脑前坐了很久，想了好些要说的话，关于这几篇小说的来历，关于我对其中主题的思考，等等。但是最后，我觉得还是不要饶舌了吧，怎么写都是多余——如果读者赏光，那么就请耐心读读正文，我将觉得无比荣幸。

不过，以我自己读书的经验，是很希望在吃一只鸡蛋（不管是不是臭蛋）之前先了解一下下蛋的鸡的。推己及人，我还是略约说几句吧。

人的思想是在演进的，一如生命的演进，以及这个宇宙的演进——虽然未必越演进越好。我写这些小说的时候，正是二十出头血气方刚的年纪。而今，二十多年过去了，我的关注早已历经了多次变化，从当年的初涉人世到今天的饱经世事，很多想法都发生了巨大的变化。尤其是在2013年的三个月间痛失双亲，让我对这个世界、对生命有了新的看法，也让我这个文科出身的人读书的内容发生了转向。或许是最近在读《人类简史》、《宇宙的琴弦》、《宇宙的结构》这类关乎生命源起、宇宙生灭的书，我屡屡梦到一些奇怪的场景。我突然想，不妨就把我一个多月前一个晚上的几个梦记录在这里，权当后记吧。

记昨夜的梦

（20150929）

他们在抢什么？

宋朝的江南。乡绅郭家从城里临时请来了一个戏子谢世兰。这天上午，谢世兰被另一乡绅黄家从郭家借去唱戏。时到正午，郭家的戏要开场了，谢世兰却仍在黄家。

一家等着唱戏，一家却还未唱完。

就像大房东等着收房，二房东还占着房子。

两家为此大打出手。

他们抢的是谢世兰吗？

不是，他们抢的只是：时间。

这时间是谁的？谢世兰的？黄家的？还是郭家的？

似乎很难说清楚。

另一个宇宙

我和一个同伴进入了另一个宇宙。我们被带到一个椭圆形的建筑里参观。拾级而上，看那建筑是科幻中的金属质地。下来时，为我们导游的人（装扮似武士，全身金属罩）说，我们不必一阶一阶下去。说着，就举起我的同伴扔了下去。我瞬间有恐惧之感，看着同伴从空中飞舞，掉落到地上。然后是我，同样地被扔下去。

在没有重力加速度的地方，没有引力的地方，这样下去当然没事。我们安全。

时间之前的时间

我清晰地看到一张表格，上面列着以千万年和亿年计算的几个世代的几个关键性人物，都是外国人（居然有布洛代尔！）。他们生存于时间之前的时间，在几个世代的转换中起着关键作用。

然而，时间之前的时间是什么？宇宙大爆炸之前还有时间吗?

生命与时间的无意义

我在梦中想到，当伟大的物理学家一层层揭开宇宙的秘密，我们看到了我们万年来不曾看见的东西。人类的历史，人类的杀伐与争斗、和谐与共存成为了一个笑话。在浩淼的宇宙中，人的生命毫无意义。那么，研究物理世界的大师们显然更有价值，他们在研究永恒，研究宏观宇宙和微观世界，大到把天地合一，细到把分子撕开直到普朗克常数。而心理世界的研究者们，不管是文学家还是心理学家，或者社会学家，都只把目光对准了作为短暂者的人类。他们的研究因人类的短暂和渺小而更加短暂和渺小。

再进一步想，物理世界的研究也没有意义。除了改变我们对宇宙的认知，其与宇宙何干？宇宙不因其研究而有变化。它走它的路。这样就是说，人类的一切都没有意义。

当生命无意义，时间会有意义吗？当然无意义。爱因斯坦说，当（你在空间里的）速度变快，时间就变慢。在时空四维里，你周游世界和他终身蜗居，所经过的路途远近是一样的。谢世兰的梦是在这里出现的——郭家和黄家所争抢的实际上是一个无意义的东西，一个不存在的东西。所以在我的梦里，他们两家的争抢没有出现结果。

生命与时间的意义

梦到这里，我有惊醒的感觉：因为生命与时间一旦无意义，对于我们人类就太可怕了。我在半梦半醒中觉得自己不能再读那些关于宇宙的书了，让什么超弦理论、M 理论、黑洞虫洞、平行宇宙见鬼去吧（那怎么可能呢？）。它让我对生命产生了怀疑，让我有精神分裂症的嫌疑。显然，我的书还没有读通。

当然，物理学家们自己都没搞通，我怎么可能读通？他们在寻找宇宙的自洽，或者更准确地说，在寻找理论的自洽。而我，必须寻找生命的自洽。

我在半梦半醒中想到了最近读过的一篇文章。文章说，美国的物理学家假设，先有意识后有宇宙。其依据是，宇宙都是对称的，从自然界的花朵到动物的五官、身体，再到弦论中的超对称（对称性结构，认为有一个玻色子，就有一个超玻色子，等等）。而这种对称一定是先预设好的，而不会是自然演进的。

这么想想也有道理，我们人类虽是宇宙中的过客，是海德格尔所谓的短暂者，还是要赋予生命和时间以“有意义”。

于是，在手机上记下这个古怪的梦，继续酣睡。早晨起来，继续回到庸常的生活当中。

当我在第二天把这个梦的记录发到一个微信群之后，引起了朋友们的讨论。有人不同意我在梦中的看法，认为当代哲学离不开物理学研究的最新成果，前哲学已经没有意义——当然！霍金早就宣称过，哲学已死。

但我还是固执地认为，超越人类自我中心进行前哲学的思考还是有必要、有意义的。起码，这会让我们不那么自以为是。虽然，离开人类创造的语言，一切都不存在；虽然，这也只是试图拔着自己的头发离开地球。

絮叨至此，最后，要感谢出版方诸君让这个集子得以面世，感谢我在北师大读研时的师妹、著名文学批评家李静为本书作序。

作者

2015 年 11 月于北京